여명

세계문학전집
0 2 7

Sidonie-Gabrielle Colette : La Naissance du jour

여명

시도니가브리엘 콜레트 장편소설

송기정 옮김

문학동네

차례 ∎

여명　　9

"내 글을 읽으면서 독자들은
내가 자화상을 그리고 있다고 생각할까?
천만에, 그것은 단지 나의 모델일 뿐이다."

1

……씨,

당신은 나보고 당신 집에서, 그러니까 사랑하는 내 딸 곁에서 한 일주일 머물다 가라고 하셨지요. 당신은 그 아이와 함께 살고 계시니 내가 그 아이를 자주 보지 못한다는 것을 잘 아실 겁니다. 또한 그 아이를 보는 것이 내게 얼마나 큰 기쁨인지, 그래서 그 아이를 보러 오라는 당신의 초대가 얼마나 감동적인지도 잘 아시겠지요. 그럼에도 불구하고 나는 당신의 초대를 받아들일 수가 없습니다. 적어도 지금은 말입니다. 왜냐고요? 내가 기르는 붉은 선인장이 곧 꽃을 피울 것 같아서요. 그것은 친구가 내게 준 매우 귀한 식물인데, 사람들 말에 의하면 이곳의 기후 조건하에서는 사 년에 한 번밖에 꽃이 피지 않는답니다. 그런데 나는 이제 많이 늙었어요. 내가 없는 사이 그 붉은 선인장이 꽃을 피운다면, 이제 다시는 그것의 개화를 볼 수 없을 것만 같군요……

그러니 나의 진솔한 감사와 더불어 당신에 대한 존경심, 그리고 나의 아쉬운 마음을 받아주시기 바랍니다.

'시도니 콜레트, 출생명 랑두아'라고 서명된 이 편지는 어머니가 내 두번째 남편에게 쓴 것이다. 그 이듬해 어머니는 칠십칠 세의 나이로 돌아가셨다.

나 자신이 주위의 모든 것들보다 열등하다고 느낄 때, 보잘것없는 나 자신에 대해 위기감을 느낄 때, 근육은 팽팽함을 잃어버리고 욕망 또한 강렬함을 잃게 되었을 때, 고통조차 강도를 잃어 예리한 칼로 도려낸 듯한 아픔을 느끼지 못할 때, 나는 그러나 다시 일어나 이렇게 말할 수 있다. "나는 이 편지를 쓴 여인의 딸이다. 이 편지, 그리고 아직 내가 간직하고 있는 수많은 다른 편지들을 쓴 여인의 딸이다. 이 편지는 단 열 줄로 그녀가 칠십육 세의 나이에도 여행을 마다하지 않았음을, 그러나 선인장의 개화가, 열대의 꽃을 기다리는 마음이 모든 것을 중단시켰음을, 그것이 사랑하는 딸을 향한 마음조차 무력하게 만들었음을 가르쳐주었다. 수치스럽고 인색하고 옹색한 작은 마을에 살면서, 길거리를 배회하는 고양이들, 부랑자들, 그리고 임신한 하녀들에게 자기 집 대문을 열어주던 여인, 나는 그런 여인의 딸이다. 수십 번이나 다른 사람에게 줄 돈이 없어 절망하던 여인, 극빈자의 아궁이 곁에서 힘없는 빈 손 위로 배내옷도 없이 벌거벗은 한 아이가 태어났음을 알리기 위해 눈보라 속을 뛰어다니며 부자들의 대문을 두

드리던 여인, 나는 그런 여인의 딸이다. 꽃이 필 거라는 확신 앞에서 주름을 활짝 펴고 떨리는 마음으로 선인장 잎 사이를 바라보던 여인, 일흔다섯 해 동안 지치지도 않고 꽃을 피워왔던 여인, 내가 바로 그런 여인의 딸이라는 사실을 어떻게 잊을 수 있을까……"

조금씩 나이를 먹어가면서, 거울에 비친 내 모습은 점점 더 그녀와 닮아간다. 하지만 우리가 서로 너무 닮았음에도 불구하고, 그녀가 돌아온다면 그녀는 과연 나를 알아볼 수 있을까?…… 그녀 자신이 예전에 그랬듯이, 모두 잠든 새벽에 누구보다도 일찍 일어나 홀로 망을 보며 서 있곤 하는 나를 갑자기 찾아온다면 몰라도 말이다.

그 누구보다도 먼저! 오, 순결하고 차분했던 나의 어머니, 돌아온 환영이여! 그러나 나는 당신에게 닭 모이가 가득한 앞치마도, 전지가위도, 나무 양동이도 보여드릴 수가 없군요…… 그 누구보다도 먼저 일어나, 그러나 아직 밤의 발자국이 남아 있는 문턱에서 거의 벗은 몸에 서둘러 외투만 걸친 채, 그러나 열정에 사로잡혀 팔을 떨면서 너무나도 가냘픈 남자의 그림자를 보호하고 서 있는 나……오! 수치스러워라! 오! 나를 감추어주세요!

"저리 비켜라. 내가 볼 수 있도록 말이다." 다시 살아온 내 사랑하는 환영은 그렇게 말할 것이다. "아! 네가 포용하고 있는 것은 나보다 더 오래 살아남은 선인장 꽃이 아니더냐? 놀랄 만큼 자랐구나. 그리고 많이 변했어!…… 그런데 내 딸아, 네 얼굴을 보니 알겠구나. 너의 흥분을, 너의 기다림, 너의 헌신, 가슴 떨리는 너의 마음을…… 그리고 캄캄한 새벽에도 꾹 참고 내지 않았던 외침 소리를. 그래, 난 다 알아. 그 모든 것들을 네 얼굴에서 읽을 수 있단다. 그냥 그대로 있어. 감추지 마라. 너희 두 사람을, 너와 네가 포옹하는 그 사람 둘 다 편안히 내버려두렴. 왜냐하면 그는 바로, 곧 피어날 나의 선인장 꽃과 다르지 않기 때문이란다."

2

이곳이 나의 마지막 집일까? 이곳에서는 정오가 지나면 어느새 실내가 컴컴해진다. 얼른 지나가버리는 그 짧은 시간 동안 나는 집의 크기도 재보고, 집에서 나는 소리를 들어보기도 한다. 매미들의 울음소리가 들린다. 테라스를 보호하기 위해 새로 설치한 나무 울타리는 타닥거리는 소리를 낸다. 이름을 알 수 없는 어떤 곤충은 딱지날개들 사이에서 새어나오는 불꽃을 으깨어버리기도 한다. 붉은 새는 소나무 위에서 십 초마다 노래를 한다. 서쪽에서 불어오는 바람은 조심스럽게 벽들을 에워싸고, 고요하고 묵직하고 단단한 짙푸른색의 바다를 잔잔하게 만든다. 해가 질 무렵이면, 바다의 강렬한 푸른빛은 부드러운 색으로 변한다.

이곳이 나의 마지막 집일까? 나는 이 집을 배신하지도, 버리지도 않을 테니까. 이 집은 오히려 너무 평범해서 다른 집들과 경쟁이 안 될 것이다.

우물에서 길어온 포도주 병들이 부딪는 소리가 들린다. 오늘 저녁 식탁에는 저 차가운 포도주들이 올라올 것이다. 분홍색 포도주는 녹색 멜론을 먹을 때 마실 것이다. 랑드 지방의 모래 섞인 포도밭에서 나온, 누런색을 띤 맛이 강한 백포도주는 토마토, 고추, 양파에 기름 소스를 친 샐러드와 어울린다. 그리고 잘 익은 과일과도 썩 잘 어울린다. 저녁식사를 마치고 나면, 멜론밭 주위의 고랑에 물을 대고 봉선화, 협죽초, 달리아에도 물을 주어야 한다. 또한 아직 땅속으로부터 스스로 물을 빨아들일 수 있을 만큼 뿌리가 자라지 못한 귤나무, 뜨거운 태양 밑에서 혼자서는 푸르게 변할 힘도 없는 그 어린 귤나무에도 물 주는 것을 잊어서는 안 된다. 어린 귤나무…… 누구를 위해 심었던가? 글쎄. 아마도 나를 위해서였겠지…… 나팔꽃 같은 푸른빛이 도는 아침나절, 고양이들은 허공에 팔을 뻗어 나방들을 잡으려 할 것이다. 한 쌍의 일본닭은 시골풍의 소파 팔걸이에 웅크리고 걸터앉은 채, 한 무리의 새 새끼들이 쩍쩍거리듯이 꼬꼬댁 소리를 내겠지. 일찌감치 그들과 멀리 떨어져 자리잡은 개들은 다가올 새벽을 생각할 것이다. 그리고 나는 책을 볼 수도, 침대에서 잠을 청할 수도, 혹은 술꾼 들이 서성대는 바닷가로 산책을 나갈 수도 있을 것이다.

내일이면 나는 소금기 어린 아침이슬에 젖은 풀들과 푸른 가지 끝에 진주를 머금고 있는 대나무 모양의 나무들 위로 떠오르는 붉은 새벽을 붙잡을 것이다. 밤과 안개와 바다를 거슬러올라가는 해변으로의 산책…… 그리고 나서 해수욕, 글 쓰는 작업, 휴식…… 이 모든 것들은 얼마나 단순해 보이는가…… 다시는 엄두를 내지 못할 일들도 여기에서는 가능해지는 것일까? 모든 것이 내 유년 시절과 닮았다. 어린 시절 시골 동네의 좁은 골목, 고양이들, 늙어가는 암캐, 감탄, 멀리서도 느껴지는 평온함의 숨결—여전히 파란만장한 내 삶을 치유해줄 것만 같은 비를 예고하는 기분좋은 습기—이 모든 것들로 인해 나는 조금씩 조금씩 어린 시절로 돌아가고 있다. 여러 단계를 거쳐왔다. 먼 곳에 있는, 이제 점점 희미한 추억 속에 남아 있는 그 성채*. 잠시나마 내 소유였던 그 성채 대신 이 작은 집이 존재한다. 프랑스 여기저기에 있던 소유지**들은 점점 그 영향력을 잃어간다. 옛날의 나로선 도저히 생각지도 못했을 테지만 지금 나는 오히려 그것을 원하고 있다. 이상하리만치의 단호함, 그리고 현재의 빈약한 재능에까지도 영감을 불어넣는 과거의 활력—그로 인해 시중 드는 사람들은 다시 겸손해지고 유능해진다. 침모는 애정 어린 험담을 하고, 식모는 세탁장에서 비누질을 한다. 저승에서나 가능할 거라 믿었건만, 바로 이곳에, 나의 발자국을 되찾을 수 있는 작은 채소밭이 존재한단 말인가? 유행 지난 푸른 옷을 입은 어머니의 환영이 우물가에서 물뿌리개에 물을 채우고 있는 것인가? 물방울이 주는 신선함, 그 부드러운 반짝임, 이 시골의 정신, 말하자면 이런 순진무구함이 바로 삶의 마지막을 알리는 매혹적인 신호가 아닐까? 모든 것이 단순해졌다…… 모든 것이, 종종

---

* 리무쟁 지방의 코레즈에 있던 이 성채는 콜레트의 두번째 남편 앙리 드 주브넬 소유의 '카스텔 노벨' 성을 지칭한다.
** 생소베르에 있는 콜레트의 고향집과 더불어, 작가의 동성애인이었던 미시가 1910년 그녀에게 사준 브르타뉴 지방의 '로즈방' 별장을 암시한다.

그림자 진 테이블의 내 맞은편 자리에 차리곤 하던 또 한 벌의 식기까지도……

또 한 벌의 식기…… 이제는 그것이 그렇게 큰 자리를 차지하지 않는다. 초록색 접시 하나, 탁한 색의 오래되고 투박한 컵 하나. 내가 그것들을 영원히 치워버리리라고 말한다 해도 갑자기 지평선에서 해로운 바람이 날아와 내 머리카락을 곤두서게 하진 않을 것이며, 내 삶을 다른 방향으로 흘러가게 하지도 않을 것이다. 내 식탁에서 한 벌의 식기가 치워진다 해도 나는 여전히 맛있게 식사할 것이다. 나의 냅킨과 구별하기 위해 칠현금 모양의 구리 집게로 집은 그 냅킨 밑에는 신비도, 똬리를 튼 뱀 같은 것도 없다. 그 집게는 지난 세기의 오래된 금관악기 위에 펼쳐진 악보를 고정하기 위해 사용되던 것이다. '강음强音'이라는 표시만 눈물처럼 박혀 있는 텅 빈 악보를…… 그 식기는 가끔씩 들르는 한 친구의 것이지, 위층 침실의 삐걱거리는 마룻바닥을 짓밟곤 하는 주인남자의 것이 아니다. 접시, 컵, 그리고 칠현금 집게가 없어지는 날, 나는 단지 혼자가 될 뿐이지 버려지는 것은 아니다…… 친구들은 나를 믿고 안도한다.

이제 내게는 친구가 별로 남지 않았다. 두세 명이 남았을 뿐이다. 옛날에 많은 친구들은 내가 첫 실패를 견딜 수 없을 거라고 생각했다. 나 역시 그렇게 생각했었고, 그들에게 그렇게 말하기도 했으니까. 그들은 이제 하나둘 죽어 휴식을 취하고 있다. 나에게는 이제 젊은 친구들, 특히 나보다 나이 어린 친구들이 많다. 본능적으로 나는 내가 죽은 이후에도 계속 남아 있을 것이 보장된 존재를 소유하고 저장하기를 좋아한다. 그들에게 나는 고통을 준 적이 없다. 기껏해야 다음과 같은 이런저런 걱정거리를 안겨주었을 뿐이다. "그래, 맞아. '그는' 우리의 그녀에게 상처를 줄 게야. '그가' 언제까지 그렇게 큰 자리를 차지할까?" 그들은 제멋대로 내 사랑의 드라마와 열병의 곡선을, 그리고 그 결말을 추측하곤 했다. "심각한 장티푸스? 아니면 가벼운 발진? 하늘이 우리 친구를 잘못 보았어. 그녀는 언제나 그보다 더 심한 열병에 걸릴 준비가 되어 있는걸!" 나의 친구들은 항상 내게 가장 깊은 우정의 증거를 보여주었다. 즉 내가 사랑했던 남자에 대해 기꺼이 반감을 표시하는 것 말이다. "그가 또 떠난다면 그녀가 안정을 되찾을 때까지 우리가 또 얼마나 열심히 돌보고 도와주어야만 할까……"

사실 그들은 한 번도 내게 투정을 부린 적이 없다. 오히려 그 반대였다. 싸움의 흥분을 가라앉히지도 못한 채 그들에게 돌아온 나에게 말이다. 아픈 상처를 핥아가면서, 나의 전술이 잘못되었나 생각하면서, 나에게 도전한 적에게 모든 잘못을 뒤집어씌우다가도 그에게는 잘못이 없다며, 그의 편지들과 사진들을 몰래 가슴에 꼭 안고서 "그는 참 멋있었는데…… 그러지 말걸, 이렇게 할걸……" 하고 말하던 나에게.

그러고 나서 이성을 찾게 되면 내가 좋아하지 않는 안정이라는 상태, 너무 늦었지만 예의바르고, 너무 늦었지만 조심스러운 침묵의 시간이 온다. 내 생각에 그것은 최악의 순간이다. 늘 그렇듯 고통의 시간들은 그렇게 지나간다. 서투른 사랑의 습관이 지나가듯이, 본인들의 의지와 상관없이 둘이 함께한 삶을 끝내야 한다는 의무감이 지나가듯이……

결코 끝을 볼 수 없으리라 생각했던 투쟁의 삶은 끝난 것일까? 이미 사라져버린 사랑, 짧고도 파편적인 쾌락으로 인해 지쳐버린 사랑은 꿈속에서만 가끔씩 다시 살아난다. 무어라 표현할 수 없는 이상한 소리를 내면서, 말들이 혼란스레 뒤섞이면서, 무언가를 요구하는 듯한 시선들, 두세 가지 모순적 의미로 해석될 수 있는 시선들이 뒤죽박죽 뒤엉키면서, 내 과거의 사랑 중 하나가 꿈속에서 다시 시작되기도 한다. 전개의 변화도 없이, 삭제도 단절도 없이 그 꿈은 어느새 초등교육자격시험의 수학문제로 끝나곤 한다. 잠이 깨면 목덜미의 베개가 약간 젖어 있기도 한다. 초등교육자격시험의 스트레스 때문인가보다. "일 초만 더! 구두시험에서 망했네." 끈적거리는 나의 기억들은 이렇게 말하곤 한다. "아! 꿈속에서의 그 시선…… 누구? 최대공약수? 아니, 그 남자 말이야, 그 남자! 내가 자기를 속였는지 보기 위해 창문으로 나를 엿보던 그 남자…… 하지만 그가 아니었는걸, 그럼 그는…… 그는?……" 해가 뜨고, 그 빛은 물결 사이에서 금빛이 도는 초록 바다를 붉게 물들인다. "그 남자였던가? 아니면?…… 분명 적어도 일곱시는 되었을 거야. 일곱시라면 가지에 물을 주기에는 너무 늦은 시간인걸, 해가 중천에 떴으니. 왜 나는 잠이 깨기 전에 그 남자 면전에다 그 편지를 들이대지 못했을까? 평온과 우정을 약속했던 편지, 우리 서로에 대해 좀더 잘 알도록 노력하자던 그 편지를…… 그리고…… 어쨌든 어느 계절에도 이렇게 늦잠을 자본 적은 없었는데……" 꿈을 꾼다는 것, 그리고 다시 현실로 돌아온다는 것, 그것은 단지 자리가 바뀔 뿐이고, 불안의 정도가 달라질 뿐이다……

가느다란 햇빛이 바르르 떨면서 덧문 사이로 들어와, 불규칙하게 벽과 테이블을 비춘다. 이 육중한 긴 테이블은 내가 브르타뉴 지방에 살 때 쓰던 것인데 이사하면서 이곳으로 가져왔다. 이 책상에서 나는 글도 쓰고, 책도 읽고, 카드놀이도 한다. 햇빛은 붉은색이 도는 회벽 위에서는 붉은색으로, 아프리카 유목민들이 쓰던 푸른 면 카펫 위에서는 푸른색으로 변하곤 한다. 책들로 가득 찬 찬장들, 소파들, 서랍장들은 십오 년 동안 나와 함께 두세 군데의 프랑스 시골 지역들을 돌아다녔다. 유선형의 가는 팔걸이가 달려 있어 마치 손목이 가는 시골여자들처럼 촌스러운 느낌을 주는 소파들, 손가락을 접어 살짝 튕기면 방울 같은 소리를 내는 노란색의 작은 접시들, 크림색 유약을 바른 두꺼운 흰 접시들, 나는 이 모든 것들과 더불어 이곳에서 고향을 되찾았음에 놀라고 만다. 이곳에서 육십 킬로 떨어진 무리옹이라는 마을에 있는 우리 아버지의 고향집, 그리고 할머니 할아버지의 집을 누가 내게 가르쳐줄 수 있을까? 여러 곳에서, 때로는 억센 팔에 의지하여 위안을 얻곤 했다. 정말 그랬다. 여자들은 행복한 사랑을 해본 횟수만큼 많은 고향을 가지며, 사랑의 고통이 치유되는 하늘 아래서 매번 새로 태어난다. 그렇다면 소금기 어린 이 푸른 해안, 토마토와 피망을 먹으면서 더없이 행복할 수 있는 이곳은 이중으로 나의 고향이 된다. 얼마나 큰 호사인가! 그것도 모른 채 얼마나 긴 시간을 보냈던가! 공기는 가볍고, 포도 그루 위에서 일찍 익어버린 포도송이는 햇빛으로 말라 쭈글쭈글하지만 그 맛이 잼처럼 달다. 마늘 맛 또한 일품이다. 갈라질 정도로 건조한 땅의 위엄 있는 궁핍, 소박한 농민들이 가르쳐준 우아한 게으름, 오, 뒤늦게 찾아온 나의 행복이여…… 불평하지 말자. 행복을 느낄 수 있는 것은 이제 내가 나이를 먹었기 때문이다. 내가 여전히 젊었더라면, 모난 나의 젊음은 겹겹이 쌓여 번쩍

거리는 바위에 부딪칠 때마다, 솔잎에, 용설란에, 성게 가시에, 송진이 끈적거리는 관목들에, 그리고 이파리 뒷면이 맹수의 혓바닥처럼 생긴 무화과나무에 찔릴 때마다 피를 흘리곤 했을 것이다. 얼마나 근사한 고장인가! 침략자들이 장악해버린 이 고장은 별장들과 차고들과 자동차들로 북적대고, 옛날 농가를 흉내 내어 지은 집에서는 댄스파티가 벌어진다. 북쪽에서 온 야만인들은 토지를 분할하고 투기를 하고 나무를 베어낸다. 그러나 수세기 동안 얼마나 많은 강탈자들이 기꺼이 스스로 이 지방의 포로가 되었던가! 폐허를 복구하러 온 그들은 갑자기 일손을 멈추고, 잠들어 있는 그 고장의 숨소리에 귀 기울인다. 그러고 나서 그들은 천천히 창살문을 닫고 말뚝을 박는다. 그들은 말없이 경외심을 품게 된다. 그리고 그들은 복종한다. 프로방스여, 너의 뜻에 따르겠노라. 그들은 포도넝쿨로 짠 왕관을 머리에 얹고 다시 소나무를, 무화과나무를, 줄무늬 멜론을 심는다. 아름다운 프로방스여, 그들은 너에게 복종하기만을 원할 것이며, 그럼으로써 행복할 것이다.

어떤 이들은 어쩔 수 없이 너를 내버려둘 것이다. 그전에 그들은 너의 명예를 더럽힐 것이다. 그러나 너는 그런 무리들 따위는 아랑곳하지 않는다. 카지노, 호텔, 우편엽서에 이끌려온 그들은 결국 너를 내버려둘 것이다. 햇빛에 피부가 그을리고, 바람에 먼지를 하얗게 뒤집어쓴 채 그들은 도망가버릴 테니까. 항아리에 입 대고 물을 마시는 너의 연인들, 모래밭에서 익은 포도로 짠 포도주를 마시는 사람들, 마요네즈를 만들기 위해 경건하게 기름을 붓는 사람들, 푸줏간의 죽은 고기 앞을 지나면서 고개를 돌리는 사람들, 아침에 일어나고 해가 지면 향연이 벌어지는 배들의 소란 속에서 바닷가에 누워 잠을 청하는 사람들, 그런 사람들을 붙잡아두어라. 그리고 나도 붙잡아주기를……

어슴푸레한 빛이 점점 더 어두워지면서 나의 오수는 끝이 난다. 오늘도 어김없이, 의기소침한 고양이는 놀랄 만큼 길게 몸을 펴고 아무도 그 정확한 길이를 알 수 없는 앞다리를 쭉 뽑을 것이다. 그러고는 매혹적인 하품을 하면서 "방금 네시가 지났어요"라고 알릴 것이다. 해변으로 뻗은 좁은 길 위에 첫번째 자동차가 먼지를 피우면서 지나간다. 곧이어 다른 차들이 아직 멀리 가지 못한 저 차를 따라올 것이다. 차 한 대가 잠시 창살문 앞에 서면, 미모사가 그늘을 드리우는 길 위로 부인 없이 혼자 온 남자들, 여자들 그리고 그녀들의 애인들이 그 차에서 쏟아져나온다. 나는 아직 그들의 면전에서 문을 닫아버리거나 적의를 나타낼 정도는 아니다. 그러나 그들은 냉정하면서도 인정 있는 나의 반말투의 의미를 놓치지 않고 적당히 절제할 줄 안다. 남자들은 남자가 없는 내 집을, 이 집의 냄새를, 빗장이 걸리지 않은 대문을 좋아한다. 어떤 여자들은 흥분해서 이렇게 말하기도 한다. "아! 여기가 바로 낙원이로구나!" 그러나 그녀들은 속으로 이 집에 무엇이 부족한가를 가만히 하나하나 따져본다. 이 여자들은, 그리고 저 남자들은 자신들의 계획을 들어주는 나의 인내심을 높이 평가한다. 정작 나는 아무것도 계획하지 않는다. 그들은 이 고장에 "홀딱 반해서", 아주 "소박한 시골농가" 하나를 갖고 싶어한다. 아니면 "바닷가의 깎아지른 언덕 위에 집을 짓는 거야. 어때? 경치가 얼마나 근사할까!" 그런 말을 들으면서 "그래, 그래"라고만 대답하는 나는 매우 호감 가는 사람이 된다. 왜냐하면 나는 이웃에 있는 밭을 탐내지도, 이웃의 포도밭을 사려고 하지도, 건물을 증축하려 들지도 않기 때문이다. 한 친구는 늘 내 포도밭을 측량하고, 계단 하나 없이 바로 바다로 통하는 이 집을 왔다갔다하면서 이렇게 단언한다. "결국, 이 집은 지금 이 상태 그대로 당신에게 꼭 맞는군요." 나는 여전히 "그래, 그래"라고 대답한다. 마치 그가, 아니면 다른 누군가가 "당신은 변하지 않는군요!"라고 나에게 단언할 때처럼 말이다. 그것은 "우리는 당신이 더이상 변하지 않을 거라고 굳게 믿는답니다"는 의미이다.

그러도록 노력해보련다……

3

바람이 점점 더 거세어진다. 구멍이 숭숭 뚫린 벽돌 담장으로 둘러싸인 포도밭으로 들어가는 문이 돌쩌귀 사이로 삐걱대는 것을 보니 바람이 점점 더 거세어지나보다. 바람은 순식간에 지평선의 일부를 휩쓸어버리고, 겨울과도 같은 순수함을 지닌 채 푸르스름하고 창백한 북쪽을 향해 몰아칠 것이다. 그러면 움푹 팬 만 전체가 윙윙거리는 바람 소리를 낼 것이다. 그 소리는 마치 조개껍질에서 나는 소리 같다. 라피아 야자수로 짠 매트리스에서 보던 밤하늘의 별과도 이제 이별이구나! 내가 계속 밖에서 잘 것을 고집한다면, 냉기와 건조함을 날려보내고 모든 냄새를 사라지게 하고 땅마저 마춰시켜버리는 저 힘센 바람의 입김은, 내 일을 방해하고 쾌락도 졸음도 사라지게 하는 저 적군은 나에게서 이불도 요도 모두 빼앗아 둥글게 말아버릴 것이다. 그 바람은 인간에게 고통을 주는 이상한 존재이다. 마치 맹수처럼! 신경이 예민한 사람들은 그 바람에 대해 나보다 더 잘 안다. 우리 집 요리사인 프로방스 아줌마는 우물 옆에서 바람의 공격을 받으면 양동이를 내려놓으면서 소리지른다. "이놈이 날 죽이네!" 지중해 연안의 북풍이 부는 밤이면, 그녀는 포도밭에 있는 작은 오두막집 안에서 바람 때문에 신음한다. 아마도 그녀는 그 바람을 보는가보다.

나는 방에 웅크리고 앉아 약간은 초조하게 바람이라는 방문자가 물러가기만을 기다린다. 그 방문자에게는 어떤 문도 당하지 못하고 열리고 만다. 벌써 그는 시들고 죽어버린 것들을 내 방문 앞에 쌓아놓고서, 그것들이 보내는 기이한 경의를 전하고 있다. 꺾인 꽃잎들, 잘게 정미된 낟알들, 모래들, 죽은 나방들…… 자, 자, 나는 이제 더이상 그런 상징적 의미가 담긴 것들로 인해 상처받지 않는다. 나는 이제 시들어가는 장미 앞에서 고개를 돌려버리는 사십대 여인이 아니다. 투사의 삶은 이제 끝난 것일까? 이런 생각을 하기 좋은 세 가지 순간이 있다. 점심식사 후 잠깐 동안의 오수, 파리에서 잡지가 도착했음을 알리는 삐거덕 소리가 온 집 안을 울릴 때, 그리고 새벽이 오기 전 한밤중에 불규칙하게 찾아오는 불면의 순간들…… 그래, 이제 곧 세시다. 곧 아침이 되어버리고 말 불안정한 이 밤의 한가운데, 지나간 나의 슬픔과 행복이 예고했던 쓰라린 고통을 주머니에 가득 담은 채, 어디 가서 나의 문학을, 그리고 다른 사람들의 문학을 찾을 것인가? 내가 알지 못하는 것에 좀처럼 익숙해지지 못하는 나는, 남자와 나 사이에 긴 휴식이 시작되는 것처럼 보일 때 내 생각이 틀렸을까봐 두렵다…… 남자여, 내 친구여, 이리 와서 함께 숨쉬지 않겠어요? 나는 언제나 당신과 함께하기를 좋아했답니다. 당신은 지금 이 순간 다정한 눈으로 나를 바라보고 있군요. 당신은 뒤엉켜 있는 한 무리의 여자들 속에서 해초처럼 물에 젖어 무거워진 난파자 하나가 떠오르는 것을 바라보고 있습니다. 머리는 물 위에 있지만 사지는 아직 허우적대고 있어, 그녀가 구조될지는 확실치 않답니다. 당신은 당신의 누이, 당신의 친구가 떠오르는 것을 바라봅니다. 여자라고 하기엔 너무 나이를 먹어버린 한 여인을. 당신의 눈에 그녀의 뚱뚱하고, 거칠어 보이는 몸에서는 우아함이라고는 찾아볼 수 없습니다. 그녀에게서는 더이상 당신이 그녀를 절망에 빠뜨릴 순 없을 거라고 말하는 듯한 권위가 느껴집니다. 물론 본의 아니게 그리 할 수는 있겠지요. 함께 있어요. 당신에겐 이제 더이상 나를 떠나버릴 이유가 없으니까요.

우리의 삶에서 가장 진부한 것 중 하나인 사랑, 그 사랑이 내게서 멀어져간다. 모성애는 또하나의 진부함이다. 그 둘로부터 해방되고 나면 다른 모든 것들은 즐겁고 다양하고 다채롭다. 그러나 우리는 우리가 원하는 때, 원하는 방식으로 그것들에게서 벗어나지 못한다. 나의 전남편 중 하나인 그 남자의 충고는 아주 적절했다. "그런데 당신은 사랑이나 불륜, 약간 근친상간적인 애정관계, 결별 같은 것들을 다루지 않는 책을 쓸 수는 없소? 인생에서 그것들 말고 다른 것은 존재하지 않는 거요?" 그가 나를 떠나 다른 연인과의 약속장소로 달려가지 않았더라면—그는 멋있고 매력적이었으니까—아마도 그는 소설 속에서건 소설 밖에서건 무엇이 사랑의 자리를 대신할 자격이 있는지를 내게 가르쳐주었을 것이다. 하지만 그는 떠났고, 지금 이 순간 어두운 책상 위에서는 옛날에 쓰던 그 파란 종이가 마치 형광등

불빛처럼 내 손을 이끈다. 그 파란 종이 위에 나는 또다시 사랑에 바치는 이야기를, 사랑의 회한에 대한, 사랑에 눈먼 이야기를 쓰고 있다. 나는 구제불능인 모양이다. 소설 속에서 나는 르네 네레*가 되기도 했고, 마치 미리 예감한 듯 레아**를 만들어내기도 했다. 이제 나에게는 법적으로도 문학적으로도 친숙한 하나의 이름, 본래의 내 이름밖에 없다. 내 이름에 이르기 위해, 내 이름으로 되돌아오기 위해 삼십 년***이란 세월이 필요했던가? 결국 별로 비싼 값을 치른 것은 아니라고 믿게 되리라. 유일하게 한 남자 안에 머문 채, 자식이 있건 없건 노처녀 같은 순진함으로 땅 속에 묻힐 때까지 그 남자만을 가슴에 안고 사는 그런 여자, 당신은 내가 그런 운명의 여자일 거라고 생각하나요? 아직도 과거의 위험을 회상하면서 몸서리칠 수 있다면, 햇빛과 물에 그을린, 통통한 거울 속 나의 분신은 그런 운명을 상상하는 것만으로도 몸을 부르르 떨 것이다.

협죽도에 붙어 있던 박각시나방이 발코니 문 앞에 드리운 철망에 부딪혀 계속 튀어오르면, 내려진 철망에서는 북소리가 난다. 공기가 차다. 너그러운 이슬은 땅을 촉촉이 적시고 북풍은 공격을 늦추었다. 소금기 어린 축축한 밤하늘에 널리 펼쳐진 별들이 약동한다. 가장 아름다운 이 밤이 지나면 또다시 가장 아름다운 아침이 올 것이다. 그 생각을 하면 잠도 달아나고 흥겨워진다. 아! 내일도 지금처럼 이렇게

* 『방랑하는 여인』의 주인공. 작가이자 배우. 재력가인 막심의 지극한 사랑을 받지만 그가 제공하는 가정의 안락을 거부하고, 스스로 돈을 버는 여배우로서의 삶을 선택한다.
** 『셰리』의 주인공. 아들뻘인 젊은 남자 셰리를 사랑했던 여인.
*** 첫 결혼(1893)부터 두번째 별거(1923)까지(정식이혼은 1924년) 꼭 30년 걸렸다. 1923년은 작가가 처음으로 콜레트라는 필명으로 『청맥』을 출판한 해이기도 하다.

유순할 수 있기를! 솔직히 이제 나는 더이상 아무것도 열망하지 않는다. 단지 내 손에 닿을 수 있는 것 외에는. 내가 이렇게 유순해진 것은 누군가가 나를 죽여버렸기 때문일까? 아니, 그렇지 않다. 아주 오래 전부터 나는 진짜 나쁜 사람은 만나지 못했다. 그러고 보니 이마와 이마를, 가슴과 가슴을 맞댄 지도, 다리와 다리가 서로 엉킨 지도 오래되었구나. 진짜 나쁜 사람, 정말로 나쁜 사람, 전적으로 나쁘기만 한 사람은 일생에 딱 한 번도 만나기 어렵다. 적당히 나쁜 사람에게는 그래도 선량하고 정직한 구석이 있기 때문이다. 새벽 세시는 들판에서 새벽을 맞보는 사람들을, 새벽이 오는 푸른 창 밑에서 몰래 만남을 약속하는 사람들을 관대하게 만든다. 텅 빈 투명한 하늘, 벌써 찾아온 짐승들의 졸음, 꽃잎을 다시 움츠리게 하는 냉랭한 긴장감, 이런 것들은 열정과 타락을 방해한다. 하지만 나는 딱히 관대해지지 않고서도, 과거에 그 어느 누구도 나를 죽이지는 못했다고 선언할 수 있다. 고통을 겪는 것…… 그렇다, 나는 고통을 감내할 줄 알았다…… 그러나 고통을 겪는 것이 그렇게 힘든 일인가? 나는 이제 그것을 의심하게 되었다. 고통스럽다는 것은 어쩌면 어린애 장난 같은 것일지도 모른다. 위엄이 결여된 열중의 한 방식일지도. 한 남자로 인해 여자가 되었을 때, 한 여자로 인해 남자가 되었을 때 들려오는 고통의 소리는 무척 괴롭다. 견디기 어려울 정도이다. 그러나 나는 이제 그런 종류의 고통은 고려할 만한 가치도 없다는 사실이 두려워진다. 그것은 내가 무척이나 싫어하는, 그러나 이제 곧 나를 꽉 붙들고 놓아주지 않을 노쇠나 질병보다 더 존귀하지도 고차원에 속하지도 않는다. 나는 미리 코를 막는다…… 사랑에 애끓는 이들, 배신당한 이들, 질투로 괴로워하는 이들…… 그들에게서는 분명 같은 냄새가 날 것이다.

　나는 똑똑히 기억한다. 동물들은 사랑의 배신으로 고통스러워할 때의 나를 가장 싫어했다는 것을. 그들은 내게서 절대적 패배와 그로 인한 고통의 냄새를 맡았다. 혈통 좋은 한 암캐에게서 나는 잊을 수 없는 시선, 여전히 너그럽기는 하지만 조심스럽고, 예의바르지만 지겹다는 듯한 시선을 느꼈다. 나라는 사람의 존재가 온통 마음에 들지 않았던 것이다. 그것은 남자의 시선, 한 남자의 시선과 같았다. 불행한 인간에 대한 동물들의 연민…… 이 진부한 것, 너무나도 인간적인 이 바보짓에 대한 잘못된 평가를 바로잡을 수는 없는 것일까? 동물들도 인간만큼이나 행복을 좋아한다. 눈물 흘리고 발작하는 인간을 보면서 동물들은 불안해한다. 그들은 종종 흐느낌을 흉내 내기도 하고, 인간의 슬픔에 대해 잠시 동안이나마 곰곰이 생각하기도 한다. 그러나 그들은 마치 열병을 피하듯 불행을 피한다. 그들에게는 결국 불행을 추방할 수 있는 능력이 있다고 나는 믿는다.
　밖에서 싸우고 있는 두 마리의 수고양이, 그들은 어쩌면 저렇게 칠월의 밤을 잘 활용할까! 수고양이의 울음소리는 수많은 나의 밤시간을 함께해주었다. 이제 그 노래 소리는 나의 의례적인 불면을 상징하게 되었다. 그렇다. 나는 잘 안다. 이제 새벽 세시라는 것을, 내가 다시 잠을 청하리라는 것을, 그리고 잠에서 깨어나면, 창백한 우윳빛이 바다에서 솟아올라 하늘에 이른 다음 널리 퍼져나가다 수평선에 새겨진 붉은 홈에서 멈추어버리는 그 순간을 놓쳤다고 후회하겠지……
　카랑카랑한 테너의 고양이 울음소리는 떨리는 창법과 날카로운 반

음계에 능숙하며, 모욕을 느낄수록 콧소리가 거세어진다. 또다른 고양이의 굵은 바리톤 울음소리는 호흡이 길고, 종종 격렬하게 끼어들며 상대를 중단시키기도 한다. 두 마리의 수고양이는 서로 증오하지 않는다. 그러나 청명한 밤은 그들에게 전쟁을 부추기고 과장된 대화를 권고한다. 무엇 때문에 잠을 잔단 말인가? 여름이면 그들은 낮이건 밤이건 가장 아름다운 것을 선택하고 가장 아름다운 것을 가진다. 그들은 선택한다…… 사랑받는 동물들은 모두 그들 주변에 있는 것들 중에서, 그리고 우리네 인간들로부터 가장 좋은 것을 선택한다. 그러나 나는 상대적으로 쌀쌀하고 냉정한 그들의 태도로 인해 나 자신의 비굴함을 깨달은 적이 있다…… 그래, 나의 비굴함 말이다. 그 저속한 왕국을 진작에 떠났어야 했는데. 제대로 닦지도 못한 눈물, 호소하는 시선, 반쯤 열린 커튼 밑에 서서 기다리기, 이런 신파극들은 얼마나 비참하고 한심한 취향인가…… 당신은 동물들이 그런 여자에 대해 어떻게 생각하기를 바라는가? 제 마음속에 열정을 숨기고 비밀을 간직한, 채찍으로 맞아도 끙끙거리며 신음한 적 없고 남들 앞에서 절대 울지도 않았던 암캐 같은 동물이 말이다. 두말할 필요도 없이 그 개는 나를 경멸했다. 친구들 앞에서도 아픔을 감추지 않았던 나였지만, 그 동물 앞에서는 내가 아파한다는 사실이 부끄럽기만 했다. 내가 사랑했던 남자를 그 개도 사랑했었다. 하지만 그럼에도 불구하고 그 동물의 눈에서 나는 어떤 생각을 읽는다. 그리고 어머니의 마지막 편지에서 또다시 같은 생각을 읽는다. "사랑이란 명예로운 감정이 아니야……"

내 전남편 중 하나는 내게 이렇게 제안하곤 했다. "당신이 한 쉰 살쯤 되었을 때 여자들에게 사랑하는 남자와 평화롭게 사는 법을 가르쳐주는 일종의 개론서, 둘이 살아가는 데 필요한 규범집 같은 걸 쓰면 어떨까……" 어쩌면 지금 나는 그런 책을 쓰고 있는지도 모른다…… 남자여, 지나간 내 사랑이여, 당신 곁에서 얼마나 많은 것을 얻었고 또 얼마나 많은 것을 배웠던가! 절대로 헤어질 수 없는 인간관계란 없다. 그러니 나는 이쯤에서 절도 있게 물러나련다. 아니, 당신은 나를 죽이지 않았어요, 아마도 당신은 내가 아파하는 것조차 결코 원치 않았을 테지요…… 친애하는 남자여, 영원히 안녕, 그러나 당신을 환영합니다. 글을 쓰기 위해 환자용 침대보다도 더 편리하게 개조한 나의 튼튼한 침대가 있는 곳까지 푸르스름한 섬광이 뻗어온다. 그 빛은 푸른 종이에, 나의 손에, 구릿빛으로 그을린 나의 팔에까지 이른다. 바다 냄새는, 바닷물보다 공기가 더 차가워지는 시간이 다가왔음을 내게 알린다. 일어나야 할까? 잠이 감미로운데……

4

"아주 예쁜 어린아이에게는 무어라 말할 수 없는 것, 나를 슬프게 하는 무언가가 있어. 어떻게 말해야 내 느낌을 전달할 수 있을까? 너의 꼬마 조카 말이다. 그애가 요즘 얼마나 예쁜지 몰라. 앞에서 보면 그냥 평범하지, 근데 그애가 어떤 특정한 자세로 옆으로 싹 돌 때, 그 예쁜 속눈썹 밑으로 은빛 코가 오만하게 두드러질 때면, 나는 경탄해 마지않게 된단다. 그러고 나면 가슴이 아파. 심각한 사랑에 빠진 사람이 열정의 대상 앞에 서면 그렇다는데, 그럼 나는 나름대로 사랑에 빠진 여자인가? 내 두 남편이 들으면 놀랄 이야기지!……"

그러니까 그녀는 꽃처럼 아름다운 인간에 아무 탈 없이 관심을 가질 수 있었던 것이다. 단지 '슬픔'을 느꼈을 뿐, 아무 탈 없이…… 그

애조 띤 열정, 결코 똑같을 수 없고 절대 반복되지 않는 아라베스크 무늬를 볼 때의 고귀해지는 듯한 느낌을 그녀는 슬픔이라 불렀던가? 불타는 두 눈, 꽃받침을 뒤집어놓은 것 같은 두 개의 콧구멍, 바다의 심연 같은 입, 쉴 때에도 덫에 걸린 듯 팔딱이는 맥박, 밀랍처럼 창백한 얼굴들을? 찬란한 어린아이를 향해 몸을 숙이고서 그녀는 몸을 부르르 떨었고, 무어라 이름 붙일 수 없는 괴로움에 한숨지었지. 그 괴로움은 아마도 우리가 유혹이라 부르는 것이리라. 하지만 그녀는 그렇게 순진한 얼굴에 동요를 일으킬 수 있음을, 통 속의 포도로부터 김이 올라오듯이 흥분할 수 있음을, 그러한 감정에 굴복할 수 있다는 사실을 상상도 못 했겠지…… 나 자신과 대화하고, 나 자신에 대해 이런저런 생각을 하면서 나는 많은 것을 배웠다. 적어도 오류는 범하지 않도록 조심할 수 있었다.

"그 나비의 날개를 만지지 마."

"물론이지…… 하지만 조금만 만지면 안 될까…… 정확히 어느 지점이라고 말할 수는 없지만 달빛이 핥고 지나간, 이 불타는 보랏빛이 나타났다가 사라지고 마는 그 지점, 그 색채가 미끄러져 들어오는 진한 황갈색 부분만 살짝 만져보면 안 될까……"

"안 돼. 만지지 마. 살짝 건드리기만 해도 모든 것은 사라져버리고 말 거야."

"아주 살짝만!…… 어쩌면 이번에야말로, 가장 예민한 이 네번째 손가락 끝에 차갑고 푸른 광채를 느낄 수 있을 것 같아. 날개에 붙은 가루의 날림도…… 날개의 깃털도…… 날개에 맺힌 이슬도……" 손가락 끝으로 느껴지는 꺼져버린 재의 흔적, 손상된 날개, 힘을 잃고 파닥거리는 곤충……

어머니는 아무런 교육도 받지 못했지만, 그녀 자신이 말했듯 "스스로 데어보고 나서야" 비로소 뜨거움을 알 수밖에 없다는 사실을 분명히 깨닫고 있었다. 그리하여 그녀는 포기를 통해서만, 오로지 포기를 통해서만 소유할 수 있다는 것을 알았다. 사랑의 포기와 성취……심각하게 사랑에 빠지는 어머니나 나 같은 부류의 여자들에게, 사랑의 성취와 사랑의 포기는 어떤 것이 더하고 덜하고도 없이 모두 똑같은 죄악이다. 남편 곁에서 차분하고 명랑했던 그녀였지만, 숭고한 순간을 경험하는 존재들을 만나면 물불을 안 가리는 열정으로 동요되기도 하고, 이성을 잃기도 했다. 두 남편에게서 낳은 네 명의 아이들과 함께 조그만 마을에 갇혀 살면서, 그녀는 그녀를 위해 그리고 그녀에 의해 야기된, 그러나 그녀도 예상치 못했던 절정을, 개화를, 변신을, 기적의 폭발을 도처에서 목격했다. 그리고 그녀는 그것들에 가치를 부여하였다. 동물들에게 거처를 마련해주고 어린아이들을 돌보며 죽어가는 식물들을 살려내기도 한 그녀였지만, 어느 유별난 동물이 죽고 싶어하는 것을, 어떤 아이가 타락하고 싶어 안달하는 것을, 봉오리진 한 송이 꽃이 무리하게 피려다가 짓밟히는 것을 못 본 척하기도 했다. 벌을 쫓다가 쥐를 쫓기도 하고, 갓난아이를 바라보다가 나무를 쳐다보기도 하고, 가난한 자를 측은해하다가 더 가난한 자에게로 관심이 쏠리고, 웃다가 갑자기 근심에 찬 얼굴이 되기도 하는 등 그녀에게는 특유의 변덕이 있었다. 자신의 몸을 아끼지 않는 사람들의 순수함이여! 살아오면서 그녀는 단 한 번도 나비의 날개를 상하게 한 적이 없었다. 꽃이 피고 나비가 날아오르기를 열망하면서도 그녀는 아직 피지 않은, 꽃받침으로 덮여 있는 봉오리 앞에서, 윤기 나는 고치 속에 갇힌 번데기 앞에서, 조바심 내지 않고 경건하게 절정의 순간을 기다렸다. 한 번도 불법침입을 한 적이 없는 자의 순수함이여! 내가 어머니를 다시 만나기 위해서는 어머니가 드라마틱한 꿈을 꾸던 그 시절로 돌아가야 한다. 어머니는 멋지고 매력적인 큰아들의 청년기 내내 그런 꿈을 꾸었던 것이다. 그 시절 나는 쾌활함을 가장하고 저주를 퍼붓는, 평범하면서도 추한, 남을 엿보는 그녀가 비사교적이고 거칠다고 생각했었다. 아! 수척해진, 질투와 분노로 얼굴이 벌게진 어머니의 모습이 지금도 눈앞에 생생하다! 그때의 어머니를 다시 볼 수 있다면, 그리고 어머니가 그런 자신의 모습을 완강하게 부인하는 대신 스스로도 인정할 수 있을 만큼 충분히 내 이야기를 들어줄 수 있다면! 내가 진정 그녀의 불순한 계승자이며, 그녀의 저속한 이미지이며, 외설스러운 행위의 충실한 종임을 그녀에게 조리 있게 전할 수 있다면! 그녀는 내게 생명을 주었고, 그녀가 시인으로서 취하고 버렸던 것들을 따르라는 임무를 주었다. 공간을 여행하는 사람이 떠다니는 선율의 한조각을 붙잡는 것처럼…… 활을 가지고 있다면, 그리고 그 활을 쥔 손이 있다면 선율이 뭐 그리 중요하겠는가?

어머니는 점점 더 불안해하면서 정결하게 인생의 종말을 맞이하였다. 그녀는 본래 일찍 일어났지만 이제 더 일찍, 그리고 점점 더 일찍 일어났다. 그녀는 울타리가 쳐진, 포도넝쿨과 비스듬한 지붕이 있는, 인기척 없는 작은 땅으로 이루어진 그녀만의 세상을 원했다. 그녀는 제비와 고양이와 벌 들, 그리고 어둠 속에서 은빛으로 빛나는 레이스처럼 엉킨 바퀴모양의 거미줄 위에 버티고 서 있는 커다란 거미만이 존재할지라도, 아무도 손대지 않은 밀림을 원했다. 매일 아침 차가운 이슬이 티티새의 부리로부터 불규칙하게 물방울 소리를 내면서 떨어지는 것 같은 그런 시간이 되면, 이웃집 덧문이 벽에 부딪히며 내는 소리는 그녀가 다시금 빠져들고 있던 탐험가로서의 몽상을 방해하곤 했다. 그녀는 여섯시에, 나중에는 다섯시에 자리에서 일어났다. 그리고 그녀가 말년에 이르렀을 땐 캄캄한 한겨울밤 삼종기도 종소리가 울리기도 훨씬 전에 붉은색 작은 램프에는 불이 들어왔다. 아직도 캄캄한 그 시간, 어머니는 노래했다. 그러나 사람들이 일어나 그 소리를 들을 수 있게 되면 어머니는 노래를 멈추었다. 종달새가 가장 높은 곳을 향하여, 아무도 살지 않는 곳을 향하여 올라가듯 어머니는 끊임없이 시간의 사다리를 올라갔다. 시작의 시작을 소유하려고 애를 쓰면서…… 나는 취기와도 같은 그 감정이 어떤 것인지 안다. 그녀는 수평선의 붉은빛을, 붉은빛이 돌기 전의 창백한 유황빛을 탐색하였다. 그녀는 맨처음 나온 벌이 촉촉한 날개로 기지개 켜기를 바랐다. 해돋이가 몰고 온 여름바람은 아카시아향과 나무 타는 연기의 신선한 맛을 그녀에게 선물했다. 그녀는 이웃집 마구간에서 나는 말들의 울음소리와 땅을 긁는 소리에 누구보다도 먼저 화답했다. 어느 늦가을 아침, 그녀는 우물가의 양동이 위에 살짝 앉은 첫 얼음을 손톱으로 깼다. 오직 그녀만이 자신의 모습을 비추어보았던 그 얼음판을……

잎꼭지와 향기로운 잎을 따기에, 푸른 진디를 긁어내기에, 땅 속에서 잠자는 씨앗들을 가려내기에 꼭 알맞은 그 단단하고 굽은 손톱을 향해 예뻐진 나의 모습을 비추어주는 거울을, 씩씩하다기보다는 부드러운 느낌을 주는 그 거울을 내밀었으면! 나는 어머니에게 이렇게 말할 수 있을 것이다. "보세요. 내가 무엇을 하는지 보세요. 그것이 어떠한 가치가 있는지 봐주세요. 불명예를 짊어진 채, 비난받을 만한 변장을 하고서, 내가 스스로 망가뜨린 나 자신에게 입에서 입으로 몰래 영양을 공급할 만한 가치가 있는 건가요?* 당신과 내가 좋아하는 새벽을 포기한 채, 나로 인해 눈부셔하는 관객들을 위해, 그리고 밤에 빛을 발하는 별이 될 거라는 그들의 약속을 위해 내 모든 것을 바칠 만한 가치가 있는 건가요? 내가 너무 많이 쳐다보았던 휘청거리는 나의 작품들, 항상 근심거리인 나의 공연들을 나보다 더 잘 살펴봐주세요. 정원사의 손톱같이 단단한 당신의 손톱을 날카롭게 갈아요!……" 그러나 너무 늦었다. 내가 속마음을 털어놓은 그녀는 그때 이미 영원한 새벽의 여명을 정복했던 것이다. 슬프게도 그녀는 노여움을 모르는 신의 잔인성으로 우리를 판결했으리라. "내 딸아, 괴물 같은 그 어린 가지, 너의 보살핌에 의해서만 자라고자 하는 그 접목을 던져버려라. 그것은 기생식물이다. 네게 단언하건대 그것은 기생식물이야. 기생식물을 거두는 게 나쁜 짓이라고 말하지는 않겠어. 나쁜 짓과 선행은 똑같이 빛나고 풍요로울 수 있으니까. 하지만 말이다……"

어머니가 했음직한 말들을 생각해내려고 애쓰다보면, 항상 나로서는 도저히 찾아낼 수 없는 부분이 있다. 가볍고도 느리게 나의 속내를 건드리고, 부드럽게 내려앉았다가도 천천히 다시 솟아오르는 단어

---

* 이는 작가의 글쓰기와 무대활동에 대한 은유이다. 미시와의 동성애, 남장 취미, 물의를 빚었던 무대활동 등에 의해 평판이 좋지 않았던 자신의 모습을 간접적으로 언급하면서, 자신의 글쓰기와 무대활동에 애착을 보이고 있는 것이다. 어머니의 정원일과 보기 흉한 작업복 그리고 손톱을 자신의 작가로서의 글쓰기, 무대활동, 그리고 무대화장과 동일시하고 있다.

들, 특히 주요 논거, 비난, 예상치 못했던 만큼 더욱 매력적인 관대함이 내게는 부족하다. 어머니가 한 그 말들은 이제 나에 의해 다시 살아나고, 사람들은 종종 그 말들이 근사하다고 생각한다. 그러나 분명 어머니의 것인 그 단어들이 나의 개인적인 법칙, 나의 사소한 무관심, 형식적인 제스처에 그치는 나의 아량, 그리고 (다행히도) 식욕보다는 시각을 중요시하는 나의 관능에 의해 변형되었다는 사실을 나는 잘 알고 있다.

어머니에게도 나에게도 남편이 둘 있었다.* 그러나 나의 두 전남편들은 잘살고 있는 데 반해―이런 말을 하는 것이 내겐 하나도 불편하지 않다―그녀는 두 번 다 과부가 되었다. 애정과 의무감, 그리고 자존심으로 인해 남편에게 충실했던 그녀는 나의 첫 이혼을 매우 슬퍼했고, 내가 재혼**했을 땐 더욱 슬퍼했다. 그녀는 이상한 논리로 그 이유를 설명했다. "내가 비난하는 것은 이혼이 아니야, 결혼이지. 하다못해 동거를 하더라도 결혼보단 나을 거다. 단지 그렇게 하지 않을 뿐이지." 나는 웃었다. 그리고 엄마 자신이 두 번이나 좋은 예를 보여주지 않았느냐고 응수했다. "그렇게 될 수밖에 없었어." 그녀는 답했다. "적어도 네 아버지와 나는 같은 마을 출신이었지. 하지만 너는 도대체 그렇게 많은 남편들을 가지고 뭘 하려는 거니? 습관이란 무서운 거야. 그러다 남편 없이는 못 견디게 되지."
"하지만 엄마, 엄마가 나라면 어쩌시겠어요?"

---

* 이후 1935년에 콜레트는 모리스 구드케와 세번째 결혼을 한다.
** 1912년 12월 19일 앙리 드 주브넬과의 결혼을 가리킨다.

"바보 같은 짓이야, 바보 같은 짓이고말고. 내가 네 아버지랑 결혼했다는 것만 보아도……"

어머니는 자신의 마음속에 아버지가 어떤 자리를 차지하고 있었는지 결코 말하지 않았지만, 아버지가 우리 곁을 떠난 후에 어머니가 내게 보낸 편지들, 그리고 아버지 장례식 다음날 그녀가 터뜨린 격렬한 울음을 통해 충분히 알 수 있었다. 그날, 어머니와 나는 노란 측백나무 서랍장을 정리하고 있었다. 어머니는 서랍에서 편지들, 제1보병대 조셉쥘 콜레트 대위의 복무 보고서, 그리고 어머니의 부동산을 처분하고 남은 전 재산 금화 육백 프랑을 찾아냈다. 다른 유품들을 보면서도 씩씩하게 견뎠던 엄마는, 이 한줌의 금화를 보자 울음을 터뜨렸다. "아! 여보! 일주 전 아직 말할 수 있었을 때, 그이는 내게 사백 프랑밖에 남기지 못한다고 그랬었는데!" 어머니는 감사의 눈물을 흘렸다. 그리고 그날 이후 나는 어머니가 아버지를 사랑하지 않았다는 말을 믿지 않게 되었다. 아니, 물론 어머니처럼 똑똑한 여자는 나처럼 같은 '바보짓'을 다시 저지르지는 않았고, 내가 또다시 바보짓을 저지르는 것을 어떻게든 막으려 했다.

"너, 그 뭐시기라는 남자가 그렇게도 좋니?"

"하지만 엄마, 난 그를 사랑해요!"

"그래, 그래. 너는 그를 사랑한다고…… 좋아, 알았어. 넌 그를 사랑해……"

그녀는 다시 생각에 잠겼다. 그리고 신이 그녀에게 말하라고 시키는 잔인한 얘기를 애써 참아눌렀다. 그러다가 다시 큰 소리로 외치는 것이었다.

"아! 마뜩잖아!"

나는 겸손하게 처신했다. 멋지고 똑똑하고 모든 사람의 선망의 대상인, 미래가 촉망되는 그 남자의 모습을 그려보며 얌전하게 눈을 내리깔았다. 그러고서는 조심스럽게 응수했다.

"엄마는 참 까다로워요……"

"아니야, 맘에 안 들어…… 차라리 다른 남자, 네가 지금은 땅바닥보다 더 낮게 여기는 그 남자가 나았어……"

"뭐라구요! 엄마! 그 바보 같은 놈*!"

"그래, 그래, 그 바보 같은 놈, 바로 그 남자 말이다."

고개를 기울이고 잿빛 눈을 가늘게 뜬 채 그 "바보 같은 놈"을, 아첨도 잘하고 멋있었던 그의 모습을 회상하는 어머니를 나는 지금도 기억한다. 어머니는 다음과 같이 덧붙여 말했다.

"아가야, 그 '바보 같은 놈'과 함께라면 좋은 작품을 얼마나 많이 쓸 수 있겠니…… 하지만 지금 그 남자에게는 네가 가진 가장 소중한 것을 모두 다 주지 않고는 못 배길 게다. 게다가 그는 너를 불행하게 만들 게야. 분명 그럴 게야……"

나는 웃지 않을 수 없었다.

"카산드라 같네!……"

"그래, 그래. 카산드라겠지…… 내가 예언할 수 있는 것들을 네게 다 말할 수만 있다면……"

---

* 콜레트보다 열세 살 연하의 부유한 상속자이자 학식 있는 오귀스트 에리오를 암시한다. 두 사람은 1910년 연인이 되었으나, 1911년『마탱』지 편집장이었던 앙리 드 주브넬과 콜레트의 만남으로 인해 그들의 관계는 끝이 난다.

그녀의 가늘게 뜬 잿빛 눈은 멀리 내다볼 줄 알았다.

"다행히도 너는 그리 심각한 위험에 빠지지는 않을 거야……"

그때, 나는 그 말을 이해하지 못했다. 어머니는 그 말의 의미가 나중에 저절로 밝혀지리라 여겼을 것이다. 나는 이제 어머니의 그 말, "너는 위험에 빠지지 않는다"는 말의 의미를 안다. 단순히 파탄의 위기만을 가리킨 것이 아니라 모호하고 포괄적인 그 한 문장의 의미를. 그녀에 따르면 나는 이른바 "여인의 삶에서 최악의 고비, 즉 첫 남자"라는 단계를 이미 지났던 것이다. 여성은 오로지 첫 남자에 의해, 첫 남자 때문에만 죽는다. 그 다음에는 결혼생활이란—혹은 동거생활일지라도—일종의 직업이 된다. 아무것도 우리를 즐겁게 하지 않고 흥을 돋우지 않는, 종종 관료적이기도 한 직업이다. 단지 어느 순간 늙정이를 어린 소녀에게로, 어린 소년 셰리를 나이 든 레아에게로 밀어 넣어 서로 균형을 이루는 놀이가 남을 뿐이다.

나이 먹은 사람들의 지배력에 따른다면, 그리고 그 지배력이 저속한 습관에 빠지게 하지만 않는다면, 우리는 연인들의 사랑이 진부해지고 일상화되어버리는 것을 막을 수 있으리라. 그러나 그러한 승리가 재앙처럼 순간적으로 생겨나고 순간적으로 사라져버리기를! 그것이 비열한 목마름과도 같은 규칙적인 욕망을 불러일으키지 않기를! 어떤 사랑이든 우리가 그것을 믿고 신뢰하게 되면, 마치 소화기관 속에서 음식물이 소화되듯이 평범해지고 일상적인 것으로 되어버린다. 그리하여 사형집행인처럼 잔인하지만 품위 있고 귀족적인, 예외적인 사랑은 사라져버린다.

"가을에만 수확을 하리니……" 아마 사랑도 그럴 것이다. 관능에 헌신하기에 얼마나 멋진 계절인가! 규칙적이고 대등한 경쟁의 단조로움에 이은 얼마나 근사한 휴식인가, 두 사면이 만나는 정점에서의 휴식! 가을에만 수확을 하리니. 아직 포도주가 되기 전의 보랏빛 포도즙 한 방울, 마른 눈물과도 같은 한 방울의 맛이 입에 남아 있다. 그리고 입은 일종의 특권인 것처럼 그 맛을 외쳐댄다. 수확, 허둥대는 즐거움, 잘 익은 포도와 설익은 포도를 같은 날 함께 압축기에 넣는 성급함, 멀리 추수하는 곳에서 들려오는 장중하고 꿈꾸는 듯한 리듬, 다른 어떤 쾌락보다도 강렬한 쾌락, 노래 소리, 취한 듯한 고함 소리 — 그러고 나면 침묵, 은둔, 인간의 얼룩진 손에 의해 자비롭게 유린당했던, 그러나 이제 그 손에서 벗어나 병 속에 담기고 봉인되어 누구도 만질 수 없게 된 햇포도주의 긴 수면…… 인간의 마음과 육체도 마찬가지였으면 좋겠다. 나는 필요한 에너지를 비축하고서, 지금 젊은 남자라는 감옥 속에서 으르렁거리는 나의 마지막 절대권력을 재정비한다. 서너 명의 멋진 남자들에 의해 지쳐 흔들리는 나의 마음을 다시 추스른다. 내 마음은 그동안 잘도 싸우고 잘도 버텨왔다! 자…… 자…… 내 마음아…… 그래…… 이제 천천히 휴식하자꾸나. 너는 행복을 경멸해왔으니, 그 공적을 이제 기리도록 하자. 예언자 카산드라, 나는 결국엔 늘 그녀에게로 돌아가곤 했었다. 차마 모든 것을 다 예언하지는 못했지만, 그녀는 우리에게 알려주었다. 우리는 사랑 때문에 파멸할 위험에 처해 있지는 않다는 것을…… 고맙게도, 보잘것없고 작은 행복에 만족하는 위험에 처해 있지 않다는 것을.

멀리 떨어져서, 마치 샘물이 흘러가듯 한 방향으로만 치우쳤던 내 삶의 순간들이 다 지나가도록 내버려두자. 계산하지 않고 나 자신을

던져왔던 것이 사실이다. 적어도 나는 그렇게 믿었다. 고대 그리스의
뿔 달린 풍요의 신*처럼 버티고 서려면, 마치 의무를 수행하듯, 이것
저것으로 가득 찬 그 뿔을 비우는 데 헌신하려면, 무대 주위를 배회하
면서 아무리 예쁜 여자라 할지라도 무게로만 그 지위를 평가하는 관
객의 비난을 감내해야 한다. "세상에, 몸을 저렇게 혹사하는데 마르지
도 않나? 저 여자는 도대체 무엇을 먹고 저렇게 통통하게 살이 찐 거
야?" 사람들은 상대에게 자신을 바쳐 소진된 여자들을 칭송한다. 그
들의 생각이 틀린 것은 아니다. 펠리컨은 뚱뚱해지지 않는다. 사랑에
빠진 나이 먹은 여인은, 장밋빛으로 물든 젊은이의 뺨과 붉은 입술로
인해 고귀하게 소진되어 생기를 잃을 때만 자신의 무관심을 증명할
수 있다. 그러나 그런 경우는 아주 드물다. 젊은 애인을 성적으로 만
족시키려는 도착행위는 여인을 망가지게 하지 않는다. 오히려 그 반
대이다. 준다는 것은 일종의 신경증이요, 격렬함이요, 병적인 이기주
의이다. "새 넥타이, 따뜻한 우유 한 잔, 살아 있는 나의 몸, 담뱃갑, 대
화, 여행, 입맞춤, 충고, 너를 보호할 방패막이 될 나의 팔, 새로운 아
이디어, 이런 것들이 여기 있다. 모두 가지렴! 내가 열받아 죽는 걸 보
고 싶지 않거든, 거절할 생각은 하지 마. 내가 덜 줄 수는 없으니, 네
가 알아서 해!"

아직 젊은 어머니와 나이 든 애인 사이에서, 서로 누가 더 많이 주
나 하는 경쟁은 두 여인 모두의 마음을 상하게 한다. 경쟁심은 날카로
운 증오를, 여우들의 전쟁을 낳는다. 그 전쟁에서 어머니의 외침은 그

* 그리스 신화에서 제우스의 유모인 산양신의 뿔은 풍요의 상징이다.

누구의 것보다도 난폭하고, 조심성도 없다. 지나치게 사랑받는 아들들이여! 여인들의 시선을 받아 빛나고, 당신을 임신했던 여자에게 마음껏 애무를 받는, 어머니의 캄캄한 자궁 속에서부터 총애를 한몸에 담았던 근사하고 젊은 남자들이여, 당신들은 당신들이 원하든 원치 않든 간에, 배신하지 않고는 어머니로부터 다른 여자에게로 갈 수가 없다. 사랑하는 나의 어머니, 내가 저지른 비속한 잘못들을 당신은 저지르지 않았기를 바랐건만, 당신의 편지에서 나는 다음과 같은 말들을 읽는답니다. 당신은 정성스레 쓴 글씨로 마음속의 발작적인 동요를 감추려 했지만, 그것은 헛된 노력일 뿐이었습니다. "그래, 나도 너처럼 아무개 부인이 많이 변했고 슬퍼 보인다고 생각해. 그녀의 삶에는 비밀스러운 구석이 없지. 그러니 그녀의 큰아들에게 애인이 생긴 것이 분명해."

맥박이 뛸 만큼 흥분하여 자신을 혹사하는 것만으로 몸이 바짝바짝 마르고 소진될 것이라는 희망을 가질 수 있다면, '마흔이 넘은' 우리네 여인들은 틀림없이 그렇게 할 것이다. 내가 아는 몇몇 사람들은 이런 나의 생각에 곧바로 동의할 것이다. "그래! 지옥이지, 하지만 나는 그 지옥 없이는 못 사는걸. 전례 없는 악마, 그러나 한바탕 법석을 떨고 난 후의 평온, 공허함, 고맙기 그지없는 완전한 평화, 빈곤……" 오랫동안 모습을 드러내지 않고 높이 날아다니다가 갑자기 하늘에서 떨어지는 독수리처럼, 그렇게 노쇠가 우리에게 찾아오기를 우리는 간절히 바라지 않는가? 도대체 노쇠란 무엇인가? 이제 알게 되겠지. 그러나 노쇠가 내 곁에 다가올 때면 나는 이미 그것을 이해하지 못할

것이다. 사랑하는 나의 선배여, 당신은 노쇠가 무엇인지 내게 가르쳐
주지 않은 채 사라져버리고 말았습니다. 당신은 내게 이런 편지를 써
보냈으니까요. "내 병이 소위 동맥경화증이라는 것 때문에 너무 걱정
하지 말아라. 많이 나았단다. 오늘 아침 일곱시에 냇가에서 빨래를 했
다는 게 그 증거가 아니겠니? 무척 신났단다. 맑은 물에서 절벅거리
는 것이 얼마나 재미있던지! 톱질도 했단다. 여섯 개의 작은 나뭇단을
만들었지. 그리고 살림도 다시 한단다. 얼마나 잘하는지 너한테 말하
고 싶구나. 하긴 나는 이제 겨우 일흔여섯 살밖에 안 되었어."

  돌아가시기 일 년 전 그날, 당신은 내게 편지를 썼습니다. 대문자
로 쓴 B, T, J 등 글자의 삐친 부분들이 마치 근사한 모자를 뒤로 눌러
쓴 것처럼 경쾌하게 빛났습니다. 그날 아침 당신의 작은 집에서 당신
은 얼마나 부자였던가요! 정원의 끝에는 작은 시내가 있었는데, 시냇
물이 어찌나 힘차게 흘렀던지 그 물을 더럽히는 게 있었다면 무엇이
든 단숨에 모두 흘려보냈을 겁니다. 다음날 아침을 다시 맞이할 수 있
다는 생각에, 또다시 병을 이겨냈다는 기쁨에, 할 일이 또하나 생겼다
는 사실에, 흐르는 물이 보석처럼 반짝이는 모습에, 재난과의 싸움에
서 잠시 휴식할 수 있다는 생각에 당신은 스스로 얼마나 부자처럼 느
꼈던가요…… 시내에서 빨래를 하던 당신은, 사랑하는 사람을 잃어버
린 슬픔을 달랠 길 없어 한숨짓곤 했습니다. 방울새 무리에 "워이!" 하
고 소리치면서 당신은 그 아침을 내게 이야기하리라 생각했었지요.
오, 당신은 모으기만 하는 수전노인가요!…… 내가 모으는 것은 어머
니의 것과 같은 종류가 아닙니다. 내게 남아 있는 것은 유사하지만 더

욱 보잘것없고 하찮은, 끈적거리는 흙과 뒤섞인 광맥으로부터 나온 보물입니다. 그리고 나이란 이 세상을 달리고 싶어 조바심내는, 자신이 아끼는 청년의 잘생긴 발을 바라보면서 던지는 달콤한 말이나 치명적인 눈물, 타는 듯이 꺼져가는 한숨과 함께 오진 않는다는 것을, 스스로 부유해지지 않고는 나이를 먹을 수 없다는 것을 이제 나는 알게 되었습니다.

그녀는 모았다. 재난도 상처도 다 찾아내어 차곡차곡 쌓았다. 상처란 처음부터 가지고 태어나는 것이 아니라 한참 후에야 얻게 되는 흔적이다. "아! 그는 내게 얼마나 많은 고통을 주었나!"라고 말할 때, 그녀는 자기도 모르게 '준다'는 단어가 가진 의미를 깊이 생각하게 된다. 그녀는 받은 것들을 조금씩 조화롭게 정리하며 언제 받았는지, 얼마나 받았는지 헤아려본다. 받은 보물의 수가 늘어날수록 그녀는 뒷걸음치지 않을 수 없다. 마치 화가가 자신의 작품을 보기 위해 거리를 두는 것처럼. 그녀는 뒷걸음친 후 다시 앞으로 나간다. 그러고는 다시 뒷걸음치면서 터무니없고 수치스러운 이야기들은 자신이 있던 먼저의 자리로 밀어내고, 어둠에 묻힌 추억들은 밝은 곳으로 끄집어낸다. 뜻밖의 기술에 의해 그녀는 공정해진다. 내 글을 읽으면서 독자들은 내가 자화상을 그리고 있다고 생각할까? 천만에, 그것은 단지 나의 모델일 뿐이다.

5

아내가 살림하는 모습, 특히 식사 준비하는 모습을 바라보는 남자의 얼굴에는 거의 종교적인 찬미와 더불어 한편으로는 불안과 공포의 감정이 뒤섞여 있다. 남자는 마치 고양이처럼 청소를 두려워하고, 불 켜진 화덕을, 그리고 마룻바닥을 청소하는 빗자루가 쓸어내는 비눗물을 두려워한다.

전통적으로 마을축제가 열리는 이 지역의 성자축일을 기념하기 위해 스공작, 카르코, 레지스 지누, 그리고 테레즈 도르니*는 언덕 위에 있는 그들의 집 대신 우리 집에서 점심을 먹기로 했다. 샐러드, 다진

---

* 뒤누아예 드 스공작은 수채화가이자 판화가로 데데, 그랑 데데, 라비샹으로도 불렸으며, 카르코는 몽마르트르의 소설가이자 시인, 레지스 지누는 소설가이자 극작가, 그리고 테레즈 도르니는 배우로 콜레트가 『여명』을 쓰던 시절 레지스 지누의 연인이었다.

고기가 들어간 생선요리, 가지튀김 같은 평범한 지중해식 점심메뉴였고, 나는 거기에 닭구이를 곁들일 생각이었다.

우리 집에서 삼백 미터 떨어진, 장밋빛 페인트를 칠한 주사위처럼 네모난 집에 사는 비알은 그날 아침 별로 기분이 좋지 않아 보였다. 아마도 석쇠가 달려 있는 숯불 다리미 화로*가 테라스의 한쪽 구석을 다 차지하고 있었기 때문인 듯했다. 나의 이웃집 청년은 결혼식날의 사냥개처럼 시큰둥해 보였다.

"비알, 사람들이 이 소스하고 내 닭요리를 좋아할 것 같지 않아? 어린 닭 네 마리를 반으로 잘라 손도끼로 납작하게 두드린 다음, 소금과 후추를 치고 고급 식용유에 재운 뒤 광대나물 이파리를 넣어 그 맛이 구운 고기에 배어들게 한 거야. 잘 봐, 고기색이 어때?"

비알은 닭고기를 살핀다. 나도 살핀다. 싱싱한 고기색…… 털이 뽑히고 절단된 어린 닭의 뼈 사이에 붉은색의 피가 아직도 조금 남아 있다. 날개와 더불어, 오늘 아침만 해도 뛰어다니고 땅을 긁어대면서 행복해하던 조그만 다리들을 뒤덮었던 깃털이 보인다. 이런 걸 먹는다면, 어린아이라도 구워먹을 수 있을 것 같다. 나는 슬며시 말을 멈추었지만, 비알은 아무 대답도 하지 않는다. 나는 식초와 식용유를 넣은 소스를 휘저으면서 한숨을 쉰다. 하지만 잠시 후면 장작불에 구워지면서 탁탁 소리를 내는 고기의 맛있는 냄새가 내 위장을 자극하겠지…… 아마도 머지않아 나는 짐승의 살코기를 포기하게 될 것이다…… 그러나 오늘은 아니다.

---

* 전기 다리미가 생기기 이전에는 숯불이 담긴 화로에 다리미를 가열하여 그 열로 다림질을 했었다.

"앞치마 끈 다시 꽉 매줄래, 비알? 고마워. 내년에는……"

"내년에는 무얼 할 건데요?"

"채식주의자가 되겠어. 손가락으로 이 소스 맛 좀 봐. 어때? 부드러운 닭 살코기에 이 소스가 맞을 것 같아? 아무튼, 올해는 말고, 아직은 너무 배가 고프거든. 하지만 그래도 난 언젠간 채식주의자가 될 테야……"

"왜요?"

"말하자면 길어. 특정한 고기를 좋아하는 습성이 없어지면, 다른 모든 것들은 저절로 함께 사라져. 마치 고슴도치에 붙어사는 벼룩들이 고슴도치가 죽으면 함께 사라지는 것과 같지. 식용유 좀 부어줄래? 천천히……"

그는 몸을 숙이고 기름을 따랐다. 드러난 그의 가슴은 태양과 소금기로 빛나고, 피부는 햇빛을 반사하고 있었다. 마치 페즈의 염색업자들이 만든 색깔처럼, 그의 움직임에 따라 허리 부분은 초록색으로 보였고 어깨는 푸른색이었다. 내가 "그만" 하고 명령하자 그는 금빛이 도는 식용유 붓기를 멈추고 몸을 일으켜 세웠다. 나는 잠시 그의 가슴팍에 손을 얹었다. 마치 말을 달래기라도 하듯이. 그는 나의 손을 바라보았다. 내 나이를 말해주는 손…… 솔직히 내 손은 내 나이보다도 몇 년은 더 늙어 보인다. 하지만 나는 그 손을 치우지 않았다. 검게 그을린 조그만 손이다. 이제 손등의 피부는 쭈글쭈글해졌다. 손톱은 짧게 깎았고, 엄지손가락은 마치 전갈 꼬리모양 위로 젖혀져 있다. 그리고 상처들과 할퀸 자국들도 있다. 그러나 나는 내 손이 부끄럽지 않다. 아니, 그 반대이다. 예쁜 두 손톱은 어머니의 선물이요, 별로 잘생기지 않은 세 개의 손톱은 아버지에 대한 추억이기 때문이다.

"해수욕 좀 했어? 바닷가에서 한 사백 미터 정도 헤엄쳤나? 그런데 비알, 당신은 왜 바캉스가 다 끝난 것 같은 얼굴을 하고 있는 거야? 이제 칠월밖에 안 되었는데."

균형잡힌, 잘생긴 비알의 얼굴은 아주 작은 감정적 동요만 있어도 흔들린다. 그는 쾌활한 성격은 아니지만, 그가 슬퍼하는 모습을 본 사람도 없다. 나는 그가 잘생겼다고 말한다. 이곳에 한 달만 있으면 모든 남자들은 다 멋있고 잘생겨지니까. 태양의 열기 때문에, 바다 때문에, 그리고 벗은 몸 때문에.

"비알, 시장에서 뭘 사왔어? 미안해. 디빈은 겨우 닭 몇 마리 사올 시간밖에 없었거든……"

"멜론 두 개, 아몬드 파이, 복숭아. 무화과는 이제 없대요. 다른 과일들은 아직 익지 않았고……"

"그건 내가 더 잘 알아. 매일같이 내 포도밭을 점검하는걸. 고맙기도 해라…… 얼마 주면 되지?"

그는 모르겠다는 듯이 어깨를 으쓱했다. 근육으로 다져진 그의 어깨가 마치 심호흡하는 가슴처럼 올라갔다 내려왔다.

"잊어버렸어? 어디, 멜론 크기를 좀 보자…… 이 파이는 십육 프랑짜리인 것 같고…… 복숭아 이 킬로라…… 십사에 십육을 더하면 삼십, 삼십에 십오를 더하면 사십오…… 사십오 프랑에서 오십오 프랑 정도 들었겠다."

"앞치마 밑에 수영복을 입었네요? 하지만 해수욕할 시간은 없었겠어요."

"왜 없어?"

그는 아주 자연스럽게 내 팔의 윗부분을 훑었다.

"정말이네요."

"아니, 어제 저녁의 소금기일 수도 있어…… 좀 쉬자. 아직 시간은 많아. 모두들 좀 늦을 테니까……"

"그래요…… 내가 뭐 도울 일이 없을까요?"

"있지. 결혼해."

"오! 내 나이 서른다섯이에요."

"그러니까. 결혼하면 훨씬 젊어질 거야. 당신한테는 젊음이 없어. 물론, 젊음이란 나이가 들면서 찾아오는 것이라고 라비슈*는 말했지만 말이야. 시장에서 당신 여자친구와 함께 돌아오지 않았어? 항구에서 만났을 텐데?"

"클레망 양은 라방두에서 그림 그리고 있어요."

"클레망 양을 여자친구라고 부르는 것이 싫은가보구나. 그렇지?"

"솔직히 그래요. 그녀가 내 애인이라도 되는 것처럼 들리니까요. 하지만 그녀는 내 애인이 아니거든요."

너무 세게 타오르는 다리미 화로의 숯불을 낮추기 위해 재를 뿌리면서, 나는 웃었다. 큰 소리 내지 않고 조용히 살아가는 이 청년이 속한 부류의 사람들에 대해서 나는 잘 모른다. 그는 카르코, 스공작, 레오폴 마르샹, 피에르 브누아, 막 올랑, 장 콕토, 디니몽** 등 전쟁 전후

---

* 외젠 마랭 라비슈. 19세기 프랑스의 대표적 희극작가.

** 레오폴 마르샹은 연극연출가로 콜레트의 소설 『셰리』『방랑하는 여인』『두번째 여자』 등을 연출했으며, 피에르 브누아는 소설가, 막 올랑은 소설가로 '피에르'라 불렸고, 장 콕

에, 그러니까 그들이 '어린아이들'이었을 때부터 내가 알고 지내던 친구들과 같은 세대이다. 언젠가 휴가를 받은 그들이 갑작스레 파리로 몰려든 적이 있었다. 그들의 얼굴은 가지각색이어서 이상하게 살이 찐 사람도 있었고, 너무 빨리 자란 아이처럼 볼이 푹 꺼진 사람도 있었다. 내가 그들을 신뢰하고 그들 대부분에게 반말을 쓰게 된 것은 바로 그때부터였던가? 아니다. 단지 그들이 젊기 때문이다. 그들이 두 팔을 크게 벌려 나를 끌어안고 요란한 소리를 내면서 나의 뺨에 입 맞춰 인사를 한다면, 그것 역시 그들이 젊기 때문이다…… 그러나 가장 정감 있고 가까운 친구들이—내가 이름으로 부르는 친구들도 있고 그렇지 않은 친구들도 있지만—나를 '여사님'이라고, 장난칠 때는 '대장'이라고 부른다면, 그것은 단지 그들은 그들이고 나는 나이기 때문이다.

오늘 아침 웃통을 벗은 채 기름을 부어준 이 친구 역시 전쟁에 나갔었다. 전쟁터에서 돌아온 그는 다시 양탄자 상인이 되는 것을 거부했다. 그는 장사에만 여념이 없는 원기왕성하고 오만한 아버지가 두려웠다고 한다. 나는 종종 부모들에 의해 뼛속까지 피폐해진 자식들의 이야기를 쓰고 싶다는 생각을 했었다. 예를 들어 딸을 자기 치마에 꿰매어 꼭 묶어두고 결혼도 안 시킨 레르미에 부인의 이야기를 쓸 수 있을 것이다. 바싹 마르고 초췌한 모습의 순종적인 딸은 마치 어머니의 쌍둥이 여동생처럼 되어버렸고, 낮이고 밤이고 어머니 곁에 붙어 있으면서 한마디 불평도 하지 않았다. 그러나 어느 날 나는 레르미에

<hr>

토는 프랑스의 시인이자 소설가, 그리고 디니몽은 삽화가로 콜레트와 카르코를 비롯한 여러 작가들의 작품 표지를 디자인했다.

양의 시선을 보았는데…… 아! 얼마나 끔찍하던지!…… 그밖에도 맹목적 모정의 희생양이 되어 어머니만을 그림자처럼 따르는 알베르 X에게서도, 아직도 힘이 세고 건장한 은행가 아버지의 죽음을 기다리지만 희망이 별로 없는 페르낭드 Z에게서도 그 예를 찾을 수 있을 것이다. 그런 자식들은 하도 많아서 골라잡기만 하면 될 정도이다. 그러나 프랑수아 모리아크가 이미 『어미』를 쓰지 않았던가…… 비알 2세를 너무 가엾게 여기지 말자. 비알…… 그런데 그의 이름이 뭐더라?

"비알, 당신 이름이 뭐였지?"

"엑토르예요."

나는 깜짝 놀라, 테이블 장식을 위해 꺾은 금년 들어 처음 핀 달리아 꽃을 꽂다가 멈추었다.

"엑토르라고? 난 발레르인 줄 알았는데……"

"맞아요, 당신이 정말 내 이름을 잊어버렸나 해서요."

비알 2세를 너무 동정하지 말자…… 그는 이제 더이상 양탄자 상인이 아니니까. 오랜 기간 아버지 밑에서 훈련받아온 가업을 떠나 '비알, 실내장식가'라는 명함을 사용하고 있으니까. 그는 남들처럼 파리에 조그만 가게를 하나 운영하고 있다. 그 가게는 약간은 낭만적인 분위기의 서점이기도 하고 도서실이기도 하다. 그는 또한 화가들과 어울리는 것을 좋아해서, 화가 친구들의 그림도 좋아하게 되었다.

늘 종이와 씨름하는 사람들, 글을 읽을 자유는 없고 오로지 쓰는 자유만을 가진 사람들 사이에서 그는 글을 읽고 가구를 디자인하는 사치를 누린다. 그는 또한 우리네 작가들을 재판하고 우리에게 판결을 내리기도 한다. 카르코에게는 시만 쓰라고 선언하는가 하면, 스공작을 신비주의자라고 평하기도 한다. 마음 좋은 스공작은 웃지도 않고 예의바른 말투로 답한다. "그래! 빌어먹을, 당신 겉보기보다 머리가 그리 나쁘진 않군요!" 카르코는 나를 증인으로 삼는다. "이 직업에 종사하는 사람이 그런 말을 했다면 난 그를 얼간이 취급할 거요. 하지만 양탄자 상인에게 무슨 말을 하겠소? 실내장식가 양반, 당신 말이 좀 지나치구려!"

나에게 기름을 부어준 이 친구에 대해서 그 이상은 잘 모른다. 하지만 다른 친구들에 대해서인들 무얼 그리 많이 아는가? 우정을 찾고 우정을 주는 것, 그것은 우선 "안식처! 안식처!"를 외치는 것이다. 우리가 줄 수 있는 그 나머지 것들은 안식처보다 중요하지 않다. 그것들은 나중에 가서야 알게 된다.

사람들이 너무 많으면 식물들은 피곤해지나보다. 꽃 전시장의 화초들은 매일 저녁 사람들의 지나친 찬사로 죽어간다. 내 친구들이 다녀간 다음이면, 정원의 식물들이 지쳐 있는 게 눈에 띈다. 아마도 꽃들은 목소리에 예민한 모양이다. 나의 꽃들은 나 이상으로 접대에 익숙하지 않다.

손님들이 가고 나면 고양이들은 그들의 피난처에서 기어나와 하품을 하고, 여행 바구니에서 나올 때처럼 기지개를 켠다. 그러고는 외부인들이 남기고 간 냄새를 맡는다. 졸고 있던 수고양이는 칡넝쿨이 늘어지듯이 뽕나무로부터 떨어진다. 귀여운 그의 짝은 다시 차지한 테라스에 누워 푸르스름하고 매끈한 배를 과시한다. 그 배에 달린 젖꼭지 중 불그레하게 상기된 것은 하나뿐이다. 올해에는 한 마리의 새끼

고양이에게만 젖을 먹였기 때문이다. 브라방 암캐는 방문자들이 떠나고 난 후에도 고집스럽게 나를 감시한다. 그놈은 한 번도 나를 감시하는 것을 소홀히한 적이 없다. 아마도 죽고 나서야 매 순간 나에게 주의를 기울이기를 멈추게 되리라. 죽음만이 그 삶의 드라마, 즉 나와 함께 사느냐 혹은 나 없이 사느냐의 드라마에 종지부를 찍을 것이다. 그놈도 씩씩하게 늙어간다. 마찬가지로……

이 세 마리의 권위 있는 동물들 외에도, 두번째 서열에 속하는 짐승들은 인간적이라기보다 동물적인 규범에 따라 정해진 자리를 지킨다. 동네 농가에 빌붙어 사는 고양이들, 하얗게 먼지를 뒤집어쓴 관리인의 개들…… 비알이 말하듯, 여름이면 이곳의 개들은 모두 흰 가루로 분칠을 한 것 같다.

벌써 세탁장에서 물을 마시고 온 제비들은 나의 '동반자'가 자리를 비운 틈을 타 곤충들을 덥석 집어삼켰다. 오후의 공기는 나른하게 느껴졌으며, 늦게까지 지지 않는 태양 아래 열기는 뜨거웠다. 하지만 태양은 나를 속일 수 없다. 왜냐하면 태양이 기울어감에 따라 내 기운도 사라져가기 때문이다. 매일매일 하루가 끝날 때쯤이면, 나의 암고양이는 8자를 그리면서 내 발목을 휘감고 다가오는 밤의 축제로 나를 초대한다. 내 삶을 통틀어 함께했던 고양이들 중에서 기억에 남는, 가장 개성 있는 고양이들만 헤아려본다면, 이 고양이는 나의 세번째 고양이가 된다.

동물들은 얼마나 감탄스러운 존재인가? 이 고양이는 특별하다. 마치 그 누구로도 대체할 수 없는 친구처럼, 나무랄 데 없는 애인처럼. 나에 대한 그의 사랑은 어디에서 오는 것일까? 그는 걸을 때에도 나와 보조를 맞추어 발을 내딛는다. 우리 둘 사이에 보이지 않는 끈이 있어, 그가 항상 그 줄과 목걸이를 매고 있는 것처럼 느껴지기도 한다. 언젠가 그에게 줄과 목걸이를 매준 적이 있었는데, 그때 그는 "결국, 내게도!"라 말하며 한숨짓는 듯한 표정을 지었다. 아주 작은 걱정에도 그는 금방 늙어 보인다. 조금이라도 근심거리가 생기면, 작고 야윈 그의 얼굴은 창백해지고 맑은 금빛의 눈 주위에는 푸른빛이 돈다. 그에게는 완벽한 연인이 갖출 법한 정숙함이 있어, 내가 억지로 만지기라도 할라치면 질겁하곤 한다. 더이상은 그에 대해 말하지 않으련다. 단지 그가 조용하고 충실하고 심리적으로 예민하며, 내가 글을 쓰는 푸른 종이 위에 짙은 남색 그림자를 드리우기도 하고, 촉촉한 은빛 발바닥으로 소리 없이 지나다니기도 한다는 것밖에는⋯⋯

다음으로 그 고양이 뒤에 멀찌감치 떨어져 있는, 그의 남편인 수고양이가 있다. 잘생기고 힘이 좋지만 헤라클레스처럼 수줍음을 타는, 나른한 표정의 고양이다. 그밖에도 온갖 종류의 날아다니는 동물들, 기어다니는 동물들, 이상한 소리를 내는 동물들이 있다. 포도밭의 고슴도치, 뱀들에게 물리곤 하던 수많은 도마뱀들, 내 손바닥 위에서 웅크렸다가 풀쩍 뛰어 초롱불 너머로 달아나서는 풀숲에서 맑은 울음소리를 내는 밤두꺼비, 바다풀 밑에 있는 게, 칼새의 날개처럼 생긴 지느러미를 달고 파도 위로 날아다니는 푸른색 성대*⋯⋯ 그것이 해변의 모래 위로 떨어지면, 나는 모래로 뒤범벅된 그것을 때려잡은 후 물에 잠기게 한다. 그러고는 그것의 머리를 잡고 곁에서 헤엄을 친다. 그러

* 바닷물고기. 몸통은 붉은빛 도는 남청색을 띠며 몸의 중앙으로 갈수록 색이 밝아진다. 수심 20~30미터의 바다 밑에서 주로 생활한다.

나 나는 더이상 동물들을 묘사하거나 동물들에 대해 이야기하고 싶지 않다. 동물과 인간 사이의 간극은 여전히 깊고 크기 때문이다. 그 간극은 수세기가 지나도 채워지지 않을 것이다. 나는 차라리 내 동물들을 감춰두고, 그들이 선택한 몇몇 예외적인 친구들을 제외하고는 아무에게도 그들을 보여주지 않으련다. 예를 들어 고양이같이 내적인 힘을 가진 필리프 베르틀로*나, 내 암고양이를 무척 좋아하는 비알에게는 고양이들을 보여줄 것이다. 비알과 알프레드 사부아르**는, 나라는 사람은 고양이가 없는 장소에서조차 고양이를 불러낼 수 있으리라고 말하곤 했다…… 동물과 인간을 동시에 좋아하는 사람은 드물다. 나와 닮은 존재인 인간들은 점점 더 나를 수상하게 여긴다. 하지만 그들이 나와 닮았다면, 내가 그들에게 수상한 존재는 아닐 텐데……

"당신이 동물들하고만 있는 방에 들어갈 때면 나는 마치 조심성이 없는 사람처럼 느껴져. 당신을 방해하는 것 같아서 말이야. 당신은 언젠가는 정글 속으로 은둔할 거야……" 나의 두번째 남편은 내게 말했었다. 나는 그의 말을 되새기면서, 그러한 예언 뒤에 감추어진 엉큼한, 혹은 성급한 암시에 대해서는 깊이 생각하지 않고 그가 제시한 미래의 멋진 내 모습만을 계속 떠올려본다. 그러고는 너무나도 인간화된 한 남자의 심오하고도 논리적인 경계심을 상기한다. 마치 남자의 손가락에 의해 이마에 낙인찍힌 "너라는 여자는 동물에 더 가깝다"와 같은 판결을 되새기듯이. 내 이마를 덮고 있는 머리칼을 걷어낸다면,

---

* 화학자 마르슬랭 베르틀로의 아들로 십 년간 프랑스 외무부에서 일했다.
** 보드빌 극작가.

남자들은 그 이마에서 아마도 토굴 냄새, 산토끼의 피냄새, 다람쥐의 배냄새, 암캐의 젖냄새를 맡을 것이다⋯⋯ 항상 인간의 편에 있는 남자라면, 동물을 선택하고서 순진무구하게 웃음짓는 나 같은 사람 앞에서 뒷걸음칠 만도 하다. "당신의 괴물스러운 순박함⋯⋯ 음험하게까지 느껴지는 부드러움⋯⋯" 나를 평하는 여러 정확한 단어들. 인간적인 관점에서 본다면, 동물들과의 공모는 바로 괴물성의 시작이다. 마르셀 슈보브*는, 튈르리 공원에서 종종 볼 수 있었던 새들을 제 주위로 불러모으는 말라빠진 노인들을 "가학적인 괴물들"로 취급하지 않았던가? 단지 동물들과의 공모만이 문제가 아니다⋯⋯ 문제는 인간보다 동물을 더 좋아한다는 데 있으니까. 더이상 아무 말도 하지 않겠다. 원형 투기장과 동물원 앞에서도 나는 더이상 아무 말 하지 않으련다. 왜냐하면 나의 애정생활을 왜곡시켜 인쇄한 다음 독자들의 손에 넘기는 것에 대해서는 아무런 수치심이나 불편함을 느끼지 않지만, 동물들을 더 좋아하는—혹은 편애하는—것과 내가 낳은 딸아이에 대한 이야기는 잘 정리하여 꼭꼭 감추고 싶기 때문이다. 사려깊고 다정한 그 아이가 두꺼비같이 생긴 헝클어진 머리를 손으로 긁을 때에는 얼마나 귀여운지⋯⋯ 쉿! 옛날에 나는 소설을 구상하면서 열넷, 열다섯 살짜리 여자아이를 주인공으로 했던 적이 있었지**⋯⋯ 독자들이여, 용서하기를⋯⋯ 그땐 십오 세 소녀가 어떤 존재인지 몰랐었

* 박식한 산문시인이자 다니엘 디포의 번역자로 유명했다. 콜레트와는 첫 남편 윌리와의 결혼 시절부터 알고 지냈다.
** 콜레트 초기 소설들에 나오는 여주인공들. 『학교에서의 클로딘』의 클로딘, 『청맥』의 뱅카, 『민느』의 민느 등을 생각할 수 있다.

으니 말이다.

"당신은 정글 속으로 은둔할 거야……"그래. 어서 그렇게 해야겠다. 나와 동물들과의 관계, 그들과의 교감을 곡선으로 표시할 수 있다면, 그 곡선이 바닥으로 내려갈 때를 굳이 기다릴 필요는 없을 테니 말이다. 유혹하려는, 즉 지배하려는 의지, 소망이나 명령을 둘둘 감아 목적을 향해 던지는 여러 가지 방식들, 나는 아직 그런 것들을 수행할 수 있다고 생각한다. 그게 언제까지 가능할까?

최근, 아름다운 암사자 한 마리가 창살 앞의 군중 사이에서 나를 지목한 적이 있었다. 그 암사자는 나를 보더니 마치 잠에서 깨어나듯 긴 절망에서 빠져나왔다. 그러고는 자기가 나를 알아보았다는 것을, 내게 다가와 질문하고 싶다는 것을, 나만을 희생자로 받아들일 만큼 나를 좋아하고 있다는 것을 어떻게 표현해야 할지 몰라 눈빛을 이글거리며 으르렁대고 포효했다. 그러더니 창살 앞에 몸을 던지고는 갑자기 지친 듯 나를 바라보며 얌전해지는 것이었다.

나는 여전히 마음으로 동물들의 이야기를 듣는다. 하늘 위 새들의 이야기, 땅속 설치류들의 싸움, 갑작스레 높아지는 꿀벌들의 호전적인 웅웅거림, 말과 당나귀의 절망적인 시선, 이 모든 것들은 나를 향한 메시지들이다. 나는 이제 더이상 어떤 인간과도 결혼하고 싶지 않지만, 아직도 아주 커다란 고양이와 결혼하는 꿈을 꾼다. 앙리 드 몽테를랑*이 이 이야기를 듣는다면 아마도 기뻐하겠지……

어머니의 가슴속에서, 어머니의 편지에서는 모든 생명체에 대한 사

---

* 프랑스의 소설가이자 극작가.

랑과 경외심을 읽을 수 있다. 그러니까 동물을 좋아하는 내 취향의 샘이 어디에 있는지는 자명하다. 그런데 나는 맑은 물결로 덮여 있는 그 샘의 밑바닥까지 닿고 싶은, 그리고 그 바닥을 휘젓고 싶은 욕망에서, 샘물이 솟아나는 족족 마구 뒤섞어놓곤 했던 것이다. 고백하건대, 어렸을 적부터 나는 동물들을 사랑하는 것에 만족하지 않고 내 친구이자 공모자인 그들의 눈에 띄고 싶어했었다. 그리고 그것이 잘못이라는 사실도 인정한다. 그러나 그것은 일종의 야심이다. 결코 나를 떠나지 않을 야심······

"그러면 당신은 명예에는 관심이 없나요?" 노아이유 백작부인*은 내게 묻곤 했다.

당연히 관심이 있고말고. 나는 동물들 사이에서 이름을 날리고 싶다. 그들의 털 위로, 그들의 영혼 깊숙이 내가 지나간 흔적을 간직한 채, 한순간만이라도 내가 자신들과 같은 종족이기를 열렬히 바랄 수 있는 그런 동물들 사이에서.

오늘 아침 나의 젊은 손님들은 사랑스러웠다. 두 친구가 아주 예쁘고 사려깊은 처녀들을 데려왔다. 아마도 그들은 처녀들 각자에게 이렇게 말했을 것이다. "자, 너를 콜레트 여사 댁에 데려가지. 하지만 그분은 새들마냥 조잘대는 것도, 문학에 대해 아는 척하는 것도 좋아하지 않는다는 걸 명심해야 해. 제일 예쁜 옷을 입어. 분홍색이나 파란색으로. 식후에 커피를 따라드리면 좋을 거야." 그리고 그녀들은 그

---

* 당시 가장 위대한 시인으로 통했다. 콜레트와 그녀의 우정은 1904년부터 시작되었다.

말을 알아들을 만큼 총명해 보였다. 그들은 내가 예쁘고 너무 친한 척 하지 않는 여자들을 좋아한다는 것을 잘 안다. 예컨대 어린아이들, 격식을 차릴 줄 아는 젊은 여자들, 그리고 거만한 동물들은 나의 여가시간을 즐겁게 해주는 존재들이다.

몇몇 화가들에게는 그들 자신에게, 그리고 그들의 삶에도 어울리는 아내 혹은 애인 들이 있다. 그 여자들은 다정한 얼굴과 농부의 아내 같은 품성을 지닌다. 남자들은 해가 뜨면 일어나 언덕길을 따라 들판으로 숲으로 가버리지 않는가. 그리고 밤이 되어서야 지친 몸을 이끌고 고독하게 말없이 돌아오지 않는가. 남자가 없는 동안 그녀들은 식탁보를 잘라서 여름옷을 만들고, 손수건을 잘라서 꽃병받침과 냅킨을 만든다. 그러고는 소박한 장보기를 한다. 다시 말해서 붉은색으로 빛나는 쏨뱅이가 싱싱하다고, 황토색과 푸른색 줄무늬가 있는 놀래기의 배가 근사하다고 호들갑 떠는 대신 그저 비축할 식량을 사기 위해 장을 본다.

"우리 남편이요? 저 너머 팡플론의 밭에 있겠지요." 뤽알베르 모로*의 아내는 농부 아낙네 같은 애매한 몸짓으로 지평선을 가리키면서 말한다. 아슬랭**은 시골 목동처럼 노래하고, 가만히 귀를 기울이면 산들바람은 군인이나 선원의 소박한 애가를 애처롭게 노래하는 디니몽의 감미로운 목소리를 전해준다.

엘렌 클레망은 혼자 왔다. 그녀는 못생기지 않았다. 그건 절대 아니다. 그녀는 모델 같은 미녀는 아니지만, 남자같이 드센 여자도 아

---

* 화가이자 판화가. 『여명』의 책표지를 그렸다.
** 풍경화가, 인물화가, 수채화가.

니다. 머리칼은 지푸라기 같은 금발이고 머리 스타일은 평범하다. 햇빛에 약한 그녀의 피부는 강한 햇살에 붉은색으로 고루 물든다. 햇빛은 또한 여름 내내 그녀의 청록색 눈을 파랗게 만든다. 키가 크고 살집도 적당한 그녀에게 결점이라면 단 한 가지, 육체적으로 그리고 정신적으로 지나치게 성실하다는 것뿐이다. 그러나 그것은 스물다섯 살 처녀들이 흔히 가질 법한 속물성일 뿐이다. 사실 난 그녀를 잘 모른다.

그녀는 고집스럽게 남성적인 굵은 선으로 그림을 그리고, 수영을 하며, 오 마력짜리 자동차를 몰고 다닌다. 더위를 피해 산에서 여름을 보내고 있는 부모를 가끔씩 방문하기도 한다. 그녀는 가정집에서 하숙하고 있기 때문에, 그녀의 '신중한 처녀'다운 자질에 대해서는 모르는 사람이 없다. 삼십 년 전이었다면 자수거리를 손에 들고 해변에 앉아 있는 엘렌 클레망을 만날 수 있었을 것이다. 현대의 엘렌 클레망은 바다를 그리고, 몸에 야자기름을 바른다. 그녀는 옛날의 엘렌 클레망이 가졌을 법한 자질 중 다소곳하고 예쁜 이마와 품위 있는 분위기, 그리고 특히 "네, 부인! 감사합니다, 부인!"이라고 답하는 공손한 말투를 물려받았다. 화가들이나 불량한 남자아이들과 어울리며 배운 그녀의 언어 속에서 이질적인 그 말투는, 그녀가 기숙학교에 다녔음을 짐작하게 한다. 나는 이 다 큰 처녀에게서 옛날의 자수거리를, 그녀에게 신비스러운 느낌을 부여해주었을 자수거리를 버린 것 같은 바로 그런 태도를 좋아한다. 어쩌면 내가 틀렸는지도 모른다. 사실 난 엘렌에게 별로 관심을 갖지 않았으니까. 어쩌면 그녀가 정신적으로나 육체적으로 대단히 집착하는 듯한 그 순결함이, 나로 하여금 그녀에게서 어딘가 모르게 슬픈 느낌의 심리적 동요를 간파하게 했는지도 모르겠다. 본인은 인정하지 않을지 모르지만, 그것은 육체관계를 옛날처럼 '나쁜 짓'이라고 볼 경우, 결코 나쁜 짓을 하지 않는 이른바 독립심 강한 여자들의 속성이다.

이제 더이상은 아무도 오지 않을 것이다. 나는 이 테이블을 떠나 불타는 저녁노을을 바라볼 수 있는 항구의 작은 카페로 가지 않을 것이다. 하루가 끝나갈 무렵, 태양은 뜨거워진 바다에서 피어나는 약간의 구름들을 그러모아 하늘에 낮게 드리우고, 불을 붙여 타오르는 넝마 조각처럼 비틀어 짠 다음 길게 늘여 붉은 막대기로 만든다. 그러고는 모르 산맥* 쪽으로 기울어지면서 소진되어 사라져버린다. 그러나 요즈음에는 해가 너무 늦게 진다. 나는 테라스 벽에 등을 기대고 홀로 저녁을 먹으면서 지는 해를 감상할 것이다. 오늘 우리 집에 왔던 친구들은 모두 호감 가는 사람들이었다. 자, 이제 개와 고양이와 함께 바다로부터 올라오는 동쪽의 어슴푸레한 보랏빛을 만나러 가자. 곧 밭으로 일하러 간 우리의 이웃들, 노인들이 집으로 돌아올 시간이다. 나는 노인들을 별로 좋아하지 않는다. 하지만 등이 굽고, 피부가 터서 갈라지고, 손에 못이 박혀 딱딱해지고, 머리카락은 새둥지처럼 헝클어진 그런 노인들에게는 정이 간다. 그들은 움푹한 손바닥에 달걀, 병아리, 동그란 감자, 장미꽃, 포도송이 등 그들의 가장 소중한 작품들

---

* 프로방스 지방에 위치한 산맥. '모르'는 무어인, 즉 고대 모르타니아인을 지칭하며 검은색의 의미를 지닌다. 검은 바위들과 검푸른 숲으로 이루어져 있어 '검은 산' 혹은 '검은 산맥'이란 이름이 붙었을 것이다. 그러나 역사가들은 8~9세기에 사라센인들이 그곳을 점령했던 역사적 사실로부터 '모르산'이라는 이름이 생겨났음을 주장한다.

을 담아 내게 선물한다. 일흔두 살의 시골 아낙네는 매일 아침저녁 항구에서 포도밭으로 그리고 채소밭으로, 이 킬로미터의 길을 왕복한다. 그녀는 아마도 일하다가 생을 마감할 것이다. 그러나 잠시 내 집 앞에 앉아 쉬는 그녀는 전혀 지쳐 보이지 않는다. 그녀는 유쾌하게 외친다. "어쩜! 예쁘기도 해라!" 그 소리에 나는 달려가본다. 그녀는 주름지고 시커멓고 굽은 손가락으로, 뱀 대가리처럼 끝이 납작한 해안지역에 피는 백합의 꽃봉오리를 어루만지며 감탄하고 있다. 땅에서 우뚝 솟아나 감히 쳐다볼 수도 없을 만큼 빨리 자라서는 꽃을 피우고, 상처입은 열매의 불길한 향기를 뿜어낸 후 시들어버리고 마는 그 백합들……

아니, 백합 꽃봉오리는 예쁘지 않았다. 오히려 힘센, 그리고 분별없는 작은 뱀을 닮았다. 그러나 그 아낙네는 며칠 후면 그것이 예뻐지리라는 것을 알고 있었다. 그것을 알 수 있을 만큼의 세월을 그녀는 살았던 것이다. 초록색 피망을 가득 안고, 싱싱한 양파들을 꿰어 목에 걸고, 계란 하나를 쥐고 절대 떨어지지 않도록 마른 버들가지 같은 손을 반쯤 오므린 그녀를 나는 좋아할 수도 있으리라. 더이상 창조할 힘은 없지만 아직 파괴할 힘은 가지고 있다는 것을, 그래서 길 위의 쥐도, 창에 붙어 있는 잠자리도, 방금 태어나 아직도 촉촉한 새끼고양이도 밟아 으깨버릴 수 있을 거라는 사실을 문득 상기시키지만 않는다면 말이다. 그녀는 그런 파괴행위와 콩껍질 까는 행위를 구별하지 못한다…… 그래서 나는 그녀에게 "안녕히 가세요!"라고만 인사하고 지나간다. 그러고는 그녀와 그녀의 그림자, 도마뱀처럼 협죽도 그늘 밑 돌움막에서 오래전부터 그녀와 같이 살아온 작은 키의 남편을 시골 풍경 속에 틀어박아버린다. 그 아낙네는 말을 많이 하지만, 남편은 아무 말도 하지 않는다. 그는 더이상 어느 누구에게도 할 말이 없다. 이제 삽질할 힘조차 없는 그는 호미로 긁으면서 조금씩 땅을 판다. 그가 움막을 청소할 때면, 아이들의 빗자루를 사용하기 때문에 마치 장난하는 것처럼 보인다. 어느 날 늙은이의 시체가 발견되었다. 맹금류가 미처 내장을 파먹기도 전에 작열하는 한낮의 햇볕으로 검게 타버린 그 시체는 죽은 두꺼비처럼 바싹 말라 있었다. 시체가 부패하지 않은 경우, 죽음은 우리 인간들의 눈에 품위 있어 보인다. 부서지기 쉽고 가벼운 몸, 움푹 파인 해골, 그 모든 것을 삼켜버리는 위대한 태양, 그것이 우리의 마지막 운명일까? 나는 종종 이러한 생각에 몰두한다. 내 삶의 후반부는 내게 어느 정도의 심각함을, 그 이후에 다가올 것에 대한 일말의 근심을 가져오리라는 것을 스스로에게 믿게 하기 위해서. 하지만 이 또한 순간적으로 잠시 스쳐가는 헛된 생각일 뿐이다. 난 죽음에는 관심이 없다. 그것이 나의 죽음일지라도……

우리는 저녁을 잘 먹었다. 그리고 나서 해안에서 식물이 가장 많은 지역, 꽃으로 덮인 좁은 늪지대를 따라 산책했다. 그 늪지대에는 등골나무와 갯질경이와 채꽃이 각기 다른 분위기의 연보랏빛을 연출하고, 만발한 등심초에는 먹을 수 있는 씨가 담긴 꽃송이들이 주렁주렁 달려 있다. 도금양은 편도선을 자극할 만큼 쓰고 희디흰 향기를, 멀미가 나고 황홀경에 빠질 만큼 새하얀 향기를 발산한다. 위성류는 분홍색 안개를 닮았고, 볼록한 갈대이삭은 비버의 모피 같다. 이 장소에는 생기가 넘친다. 특히 한낮에는, 그리고 새들이 낮게 날아다니는 시간에는 더욱 그렇다. 갈대숲의 꾀꼬리는 꽃대를 따라 몇 번이고 신나게 미끄러지면서 줄곧 즐거운 소리로 운다. 제비들은 바다에 닿을 듯이 낮게 날고, 어치새들과 부지런한 말벌들, 도둑고양이들과 뒤섞여 유유자적하던 박새들은 스스로의 용기에 취하여 대담하게 무리를 떠난다. 대낮에 멋쟁이 나비들은 벨벳같이 두툼한 날개를 뽐내고, 호랑이처럼 노란 줄무늬가 있는 호랑나비들과 고딕 양식 건물의 늑재 같은 줄무늬가 있는 제비나비들은, 바닷물의 소금기에 절고 나무뿌리들과 풀들의 단맛이 밴 한적한 간석지 위를 날다가 돌아와서 분홍색 대마와 노란 들콩과 박하로부터 꿀을 빨아먹는다. 나비들은 모두 관능적으로 꽃에 딱 붙어 있다.

저녁이 되면 동물들은 모습을 감추고, 사위는 죽은 듯이 조용해진다. 하지만 얼마나 많은 동물들이 내 발 밑에서 비밀스레 웃거나 재빨리 획 돌아서는지! 나를 졸졸 따라다니며, 날아다니는 곤충을 잡으려고 펄쩍펄쩍 뛰는 두 마리의 고양이들 앞에서는 또 얼마나 많은 곤충들이 순식간에 도망치는지! 밤의 제복을 입으면 고양이들은 위험한 존재가 된다. 순해빠지기만 했던 암고양이는 단숨에 관목 수풀을 관통하고, 힘센 수고양이가 잠에서 깨어나 말처럼 질주하면 길바닥의 돌멩이가 튕겨오른다. 그들은 배고프지도 않으면서 붉은 눈의 박각시를 아작아작 씹어먹는다.

저녁나절의 공기는 서늘하여 오한마저 느껴진다. 그러나 그 오한은 기분을 상쾌하게 해준다. 차가운 공기는 드러낸 맨살 위에 새 옷을 걸친 것 같은 느낌을 주고, 밤이 깊어질수록 너그러운 마음을 품게 한다. 만일 나의 관용적인 태도를 신뢰한다면, 이 순간은 아마도 내가 위대해질 수 있는, 용감해질 수 있는, 무엇이든 감행하며 심지어 죽을 수도 있는 순간이리라…… 하지만 매번 나는 그 순간을 놓친다. 위대해진다? 누구를 위해서? 감행한다…… 더이상 무엇을 감행한단 말인가? 사랑에 살고 사랑에 죽는다는 것, 그것은 최악의 교만이었음을 사람들은 내게 충분히 알려주었지…… 땅바닥에 누우니 기분이 좋구나…… 그러나 내 이마에 그늘을 드리울 만큼 큰 식물들, 내 손길을 요구하는 동물들의 발동작들, 물을 달라고 요구하는 밭고랑들, 답장을 기다리는 정겨운 편지들, 어두운 밤을 비추는 붉은 램프와 나의 글씨로 채워야 할 윤기 나는 종이의 공책, 이 모든 것들에 붙들려 나는 다시 일상으로 돌아온다. 매일 저녁 그렇듯이…… 벌써 새벽이 가까웠구나! 요즈음 밤은 은밀한 애인처럼 갑작스레 왔다가 거의 머물지 않은 채 떠나가버린다. 밤 열시다. 네 시간만 지나면 이제 밤은 끝이리라. 무시무시하게 커다랗고 둥근 달이 하늘을 지배할 것이다. 그 거대한 둥근 달이 내겐 친근하게 느껴지지 않는다.

　여기서 삼백 미터 떨어진 곳에서, 주사위처럼 생긴 비알의 집을 밝히는 램프가 내 집의 램프를 바라보고 있다. 그 청년은 도대체 무슨 생각을 하는 걸까? 작은 항구를 따라 산책하거나, 아니면 춤을 잘 추니까 부둣가에서 열리는 작은 댄스파티에 가서 춤이라도 출 것이지…… 그는 지나칠 정도로 품행이 단정하다. 조만간 그에게 관심을 가지고 참견을 좀 해야겠다. 그와 마찬가지로 얌전하고 정숙한 사람, 엘렌 클레망을 그와 결혼시켜야 할까보다. 오! 물론 그들이 원할 때 말이다. 오늘 그녀가 그에게 말을 걸 때 분위기가 달라지는 것을, 다시 말해서 표정이 달라지는 것을 난 분명히 보았다. 그녀는 다른 사람들하고 있을 때도 잘 웃었다. 특히 사냥꾼의 눈꺼풀처럼 반쯤 감긴 눈꺼풀 아래 갈색 눈을 한 카르코가, 라탱 가에서 이십오 년 동안이나 '처녀'로 남아 있었던 늙은 창녀에 대해 천하고도 경이로운 이야기를 했을 때 그녀도 다른 사람들과 함께 웃었다. 그녀는 정숙한 척하느라 그런 얘기에 귀를 막는 여자는 아니었다. 오히려 정반대였다. 하지만 그래도, 카르코의 이야기를 들을 때 그녀가 보인 웃음은 구식의 엘렌 클레망, 공과대학생인 사촌이 그네를 밀어주면서 그녀의 종아리를 보았노라 말하면 "오! 앙리, 그만하지 못해요!"라고 수줍게 말하면서 잡고 있던 자수거리를 떨어뜨리고 마는 고전적인 여인의 웃음이었다. 엘렌 클레망은 비알에게 진실에 가장 가까운 모습, 있는 그대로 단순해지고 싶어하는 한 처녀의 진지한 얼굴을 보였다. 비알이 그것을 눈치채지 못했을 리 없다.

나는 보통 다른 커플의 행복에 대해서는 별로 관심이 없다. 그러나 이번의 경우, 이제까지는 서로 그다지 가깝지 않았고 자신들의 비밀을 잘 간직하고 있었거나 혹은 서로에게 비밀이랄 게 없었던 두 사람에게, 작지만 별로 유쾌하지 않은 동요를 일으켜 불편하게 만든 것이 내 책임인 것 같은 생각이 들었다.

어제 아침 아홉시경, 나는 작은 차를 끌고 시장에 가다가 엘렌 클레망을 보고서 태워주겠다고 했다. 그녀는 모자도 쓰지 않고 금빛 사과처럼 윤기나는 머리를 드러낸 채 캔버스를 팔에 끼고, 액자 짜는 목수집으로 가던 길이었다. 그로부터 이백 미터쯤 떨어진 주사위 모양의 집 창살문 뒤쪽 현관에서, 비알은 단순하면서도 세련되었고 겨울 산사나무처럼 고급스러운 재질의 낡은 안락의자를 열심히 닦고 있었다.

"비알, 당신을 못 본 지 이틀이나 되었어! 그 안락의자는 뭐야?"

그는 웃었다. 그러자 검게 그을린 그의 얼굴에 하얀 이가 드러났다.

"이건 드릴 수 없어요! 이걸 찾으러 내 시트로앵을 타고 무스티에 르생트마리보다 더 멀리까지 갔다왔다고요."

"이게 바로 그거예요?" 엘렌이 말했다.

비알이 웃음을 거두고 얼굴을 들었다.

"이게 바로 그거냐니, 뭐가?"

그녀는 아무 말도 하지 않았다. 그러고는 햇빛에도 깜박이지 않는 청록색 눈에서, 그가 원하는 것을 읽을 수 있을 만큼, 위험하리만치 바보 같은 순진한 표정을 띠고 그를 바라보았다. 나는 차에서 뛰어내렸다.

"보여줘, 비알, 보여줘! 백포도주 한 잔 줄래? 시원한 물도 함께!"

엘렌은 나를 뒤따라 차에서 내려서는, 작고 독특한 집 안의 냄새를 들이마셨다. 가구라고는 긴의자 하나, 반달 모양의 탁자 하나가 있을 뿐이었지만, 분홍색 캔버스와 하얀 모기장이 실내를 환하게 만들어주었다.

"후앙 그리* 작품 하나, 디니몽의 것 두 개, 랭데의 석판화 한 개……" 엘렌은 헤아리고 있었다. 비알은 어찌할 바를 모르는 듯했다……

"이것들이 잘 어울린다고 생각하세요? 이 고장 집들의 벽에 말이에요?"

---

* 큐비즘 화가.

비알은 더러워진 손을 닦다가 엘렌을 바라보았다. 그녀는 한 손을 벽에 짚고, 마치 그 벽을 기어올라가려는 듯 목과 팔을 들어올렸다. 샌들을 신고 발끝으로 선 그녀의 맨발은 밉지 않았다. 윤곽선이 드러난 몸매와 붉은 항아리처럼 그을린 피부색은 또 얼마나 아름답던지!

"비알, 그 안락의자는 얼마 주고 산 거야?"

"백구십 프랑이요. 바보 같은 놈들이 엉망으로 페인트칠을 해놓아서 그렇지, 잘 보면 호두나무로 되어 있어요. 여기, 칠이 벗겨진 부분을 보세요."

"비알, 나한테 팔아!"

그는 머리를 가로저으면서 거절했다.

"비알, 당신 장사꾼 맞아? 아니, 당신은 인정도 없어?"

비알은 여전히 머리를 가로저었다.

"비알, 당신 안락의자를 주면, 그 대신…… 좋아, 그 대신 엘렌을 주지!"

"엘렌이 당신 건가요?" 비알이 말했다.

그의 대답은 재치 있고 교묘하여 나의 농담과 격이 맞았다.

"좋아요, 좋아! 보세요, 이건 정말 수지맞는 흥정이거든요!" 엘렌이 익살을 떨었다.

볕에 그을려 붉은 그녀의 얼굴이 더 붉어졌다. 그녀는 웃었고, 청록색 두 눈은 반짝거리며 빛났다. 그러나 비알이 여전히 머리를 가로저으며 거절하자, 반짝이던 엘렌의 두 눈은 흐려지더니 눈물이 고였다.

"엘렌!……"

그녀는 집 밖으로 뛰어나갔다. 비알과 나는 서로 마주 보았다.

"무슨 일이야? 저 아이가 왜 저러지?"

"글쎄요, 나도 모르겠는데요." 비알은 차갑게 말했다.

"당신 잘못이야."

"난 아무 말도 안 했어요."

"당신이 이렇게 말했잖아. '아니, 싫어요……'"

"그럼 내가 만일 '그래, 좋아요'라고 했다면 달랐을까요?"

"억지부리지 마, 비알…… 나 간다…… 어떻게 되었는지 내일 말해줄게."

"오! 그럴 필요까지……"

그는 어깨를 한번 으쓱하고는, 정원의 곁문까지 나를 배웅하러 나왔다. 나의 작은 차 안에서는 엘렌이 무릎 위에 캔버스를 바로 놓으면서 노래를 흥얼거리고 있었다. 그녀의 눈은 이미 말라 있었다.

"콜레트 부인, 이 그림 어때요?"

나는 열심히 그리긴 했지만 화가 흉내를 내느라 쓸데없이 두껍게 칠을 한 그녀의 작품을 바라보면서 몇 마디 공치사를 했다. 그러고 나서는 조심해야 한다는 생각을 잠시 잊고 다음과 같이 덧붙였다.

"비알이 너를 슬프게 했니? 아니지?"

그녀는 비알이 그랬듯 냉정하게 대답했다.

"콜레트 부인, 당신은 아니기를 바라시겠지요. 하지만 모욕과 슬픔을 혼동하지는 마세요. 그래요, 모욕…… 이 세계에서는 종종 내게 일어나는 사고이지요."

"어떤 세계?"

엘렌은 어깨를 으쓱하고는 입을 꼭 다물었다. 나는 그녀가 자기 자신을 매우 못마땅하게 생각한다는 것을 느낄 수 있었다. 그녀는 갑자기 나를 향해 몸을 돌렸다. 그녀의 반항적인 동작 때문에, 진창투성이 도로를 달리던 내 작은 차는 옆으로 미끄러지고 말았다. 아마도 그 길은 절대 보수되지 않을 것이다.

"콜레트 부인, 내가 한 말을 언짢게 생각하지 말아주세요. 단지 내가 자라고 교육받은 세계와는 다르다는 의미로 '이 세계'라고 했을 뿐이에요. 나는 그 세계를 너무 좋아하지만, 종종 화가들이나 그들의 여자친구들 사이에서 이방인처럼 느껴지기 때문에 '이 세계'라고 불렀던 거예요. 하지만 나도…… 충분히 똑똑해요……"

"……인생을 알 만큼은 말이지?……"

그녀는 있는 힘을 다해 자신을 변호했다.

"제발요, 콜레트 부인, 나를 몽파르노*의 예술양식이나 흉내 내는 부르주아 어린아이로 취급하지 말아주세요. 당신은 종종 그럴 때가 있거든요. 사실 나도 많은 것을 알아요. 특히 비알 역시 이 세계에 속하지 않았고, 그래서 그가 자기 나름의 방식으로 농담을 한다거나 마음대로 행동하는 게 여기에서는 어색하다는 것을 말이에요. 그는 우아하지도 않고 쾌활하지도 않아요. 그리고 데데나 키스**가 착하고 멋지다고 평하는 이들조차도 그는 결코 칭찬하는 법이 없죠…… 누구라도 그에게 걸리면 끝장이지요."

"하지만 그는 아무 말도 하지 않았는걸." 엘렌이 기거하는 '일등급

---

* 1918년에서 1930년까지 프랑스에서 예술과 문학의 중심지였던 몽파르나스 지역을 지칭하며, 1923년에 만들어진 신조어이다.
** 화가인 모이제 키슬링을 말한다.

펜션' 앞에 차를 세우면서 나는 넌지시 말했다.

나의 젊은 친구는 팔을 축 늘어뜨린 채 차 앞에 멈춰섰다. 그녀는 흥분을 감추지 못했고, 온통 의기양양하던 파란색 눈은 어느새 다시 촉촉해져버렸다.

"콜레트 부인, 괜찮으시다면 우리 이제 더이상 그 이야기는 하지 말아요! 나는 더이상 이야깃거리조차 되지 않는 그 이야기를 계속하고 싶은 생각이 조금도 없어요. 비알을 옹호하는 말을 듣는 건 기쁘지만…… 하필 당신이…… 당신이 비알을 옹호하는 것은 참을 수가 없어요!……"

그녀는 도망치듯 달려가버렸다. 뛰어가는 그녀는, 마음의 동요를 느끼는 어린 소녀라 하기에는 너무 어른이었다. 나는 그녀에게 다정하게 "안녕! 또 보자!" 하고 외쳤다. 마침 그 앞을 지나가던 조각가 르쥔이 우리의 갑작스러운 이별에 대해 무슨 일인지 궁금해할까봐서였다. 나일강 물 빛깔의 초록색 천으로 만든 반바지와 꽃을 수놓은 두툼한 스웨터 위에 분홍색 조끼를 걸쳐입은 그는 양털로 만든 체리 장식을 단 챙 넓은 밀짚모자를 들어올리면서 우리에게 인사하고는, 아무것도 모른 채 천진하게 작은 광장을 지나고 있었다.

*

바보 같은 엘렌 때문에 나는 다음날 오후 우리 집에 온 비알을 시큰둥하게 대했고, 그가 곁에 있는 것이 별로 유쾌하지도 않았다. 그렇지만 그는 막대 모양의 누가 과자와, 축축한 모래를 담은 항아리에 꽂

아두면 오랫동안 싱싱함을 유지하는 푸른 열매가 달린 쥐엄나무 가지를 가져다주었다.

그는 늘 그렇듯이 오후 다섯시경에 해수욕을 마치고 테라스에서 빈둥대고 있었다. 바람이 후려치는 가운데 해수욕을 한 후, 아직 태양이 있음에도 불구하고 몸이 차가워진 우리는 분홍빛 실내에서 안식처를 구하기보다 여기저기 잔가지들이 만든 그늘 아래 미지근하면서도 잘 다져진, 그리고 사람들의 왕래가 많은 땅을 찾곤 했다. 이렇듯 저물어갈 무렵의 태양은 위험하다. 왜냐하면 지중해 지방에서는 아무것도 예측할 수 없기 때문이다. 오후 다섯시는 하늘이 금빛으로 물들면서, 방금 전 우리가 헤엄친 물과 공기를 아우르는 푸른색이 일시적으로 사라지는 불안정한 시간이다. 아직은 바람이 세게 불지 않았지만, 깃털같이 부드러운 초록빛 미모사 사이에서 소용돌이가 몰아치고 있었다. 그리고 소나무 가지 하나가 떨어지며 내는 약한 신호에, 다른 소나무 가지가 고개를 까닥이며 화답을 했다.

"비알, 오늘은 어제보다 덜 파란 것 같지 않아?"

"뭐가 덜 파랗단 말인가요?" 흰 아랫도리만 걸친 구릿빛 피부의 그가 중얼거리듯 물었다. 그는 두 팔을 접고 그 위에 이마를 댄 채 반쯤 누워 있었다. 나는 그가 얼굴을 가렸을 때를 좋아한다. 그가 못생겼기 때문이 아니라, 그 민첩하고 발랄한 몸 위로 나른한 얼굴 표정을 짐작할 수 있기 때문이다. 비알 같은 사람은 분명 아무도 모르게 교수형에 처할 수 있을 것이다.

"모든 것이 덜 파래. 아니면 내가 그렇게 느끼는 건가…… 푸른색은 정신적이거든. 그래서 식욕도, 관능에 대한 욕구도 죽여버려. 푸른 방은 살 만한 곳이 못 되지……"

"언제부터 그렇게 됐죠?"

"내가 그렇게 말한 순간부터! 당신이 더이상 아무것도 원하지 않는다면, 그런 경우라면 당신은 푸른 방에서 살 수 있을 거야……"

"왜 난가요?"

"말하자면 당신, 그러니까 누구나란 말이지."

"고맙군요. 다리의 피는 어쩌다 그런 거죠?"

"아무것도 아니야. 해변에 핀 병 밑바닥처럼 생긴 꽃에 부딪혔어."

"왼쪽 발목은 왜 항상 살짝 부어 있는 건가요?"

"그런데, 당신은 왜 귀여운 클레망한테 그처럼 퉁명스럽게 대했어?"

구릿빛 청년은 단호한 태도로 몸을 일으켰다.

"나는 그 귀…… 아니 클레망 양한테 퉁명스레 대한 적 없어요! 하지만 부인, 결혼 문제라면 그녀에 대해서는 제발 더이상 아무 말 말아주셨으면 합니다."

"비알, 당신 정말 황당하군! 농담도 못 하나? 조금만 비켜봐, 기대서 이야기 좀 하게. 이 난간을 당신이 다 차지하고 있잖아…… 당신이 모르는 일이 있어. 어제 나하고 헤어지면서 엘렌이 나에게 당신을 옹호하지 말라고 하더군. 그러고는 아주 비극적인 몸짓으로 반복하는 거야. '특히 당신은요! 특히 당신은요!' 상상이 돼?"

그는 벌떡 일어나, 마치 하얀 밀가루를 뒤집어쓴 컴컴한 제국의 빵집 조수처럼 내 앞에 우뚝 섰다.

"그녀가 당신에게 그런 말을 했어요? 그녀가 감히 그런 말을?"

온갖 억측으로 일그러진 그 얼굴은 너무도 모나 보였고, 처음으로 보게 된 그의 새로운 면모가 너무 코믹해서 나는 픽 웃어버리고 말았다. 나는 요즈음 옛날보다 더 즉각적인 반응을 보이며 금방 웃곤 한다. 진지한 태도를 유지하려 했지만 어려웠다. 잦은 침묵, 내리깐 시선, 차분한 태도, 그런 것들이 비알에게 부여했던 엄숙성이 와르르 무너져버렸다. 그리고 나는 그런 비알이 별로 근사해 보이지 않았다. 그는 재빨리 침착을 되찾고는, 대수롭지 않다는 듯 한숨을 내쉬었다.

"불쌍한 것……"

"그녀를 동정하는 거야?"

"당신은요?"

"비알, 나는 당신처럼 그런 식으로, 항상 남의 질문에 질문으로 답하는 태도를 좋아하지 않아. 그건 예의가 아니야. 글쎄, 난 말이야, 사실 난 그 처녀를 잘 몰라."

"나도 몰라요."

"아, 그래? 난 또…… 하지만 그녀는 속을 알 수 없는 그런 여자는 아니던데. 비밀을 싫어하는 듯했어. 그것이 마치 세균이라도 되는 것처럼…… 앗!…… 이봐! 저기 제랄디* 아니야? 상리스에서 돌아온 건가?"

"그런 것 같은데요."

"그런데 왜 들르지 않고 그냥 가지?"

---

* 내면생활을 노래한 대중적 산문시집 『너와 나』로 유명한 작가. 콜레트가 『마탱』지 기자였던 1918년에 그녀와 처음 만났고, 1934년에는 그녀의 작품 『이중주』를 무대에 올리기도 했다.

"당신이 부르는 소리를 못 들었어요. 자동차 기어 바꾸는 소리가 하도 커서 아무것도 안 들리나봐요."

"아니야, 분명히 우리를 보았어! 당신 때문이야, 당신이 무서운가봐. 참, 그러니까 귀여운 엘렌 클레망 말인데……"

"잠깐만요. 스웨터를 가지러 가야겠어요. 북쪽 사람들이나 프로방스를 더운 지방이라고 하지요……"

비알이 멀어져가자, 나는 주위의 모든 것들을 더 생생히 느낄 수 있었다. 더위도, 서늘한 공기도, 기울어져 깊이 비추어드는 빛도, 사방의 푸른빛도, 바다 위를 나는 새들의 날개도, 우유와 마른 꽃향기가 뒤섞인 듯한 무화과나무 냄새도…… 꺼져가는 산불이 산 위에서 연기를 피우고 있었다. 파도로 출렁이는 지중해의 투박한 푸른색과 맞닿는 곳에서부터 하늘이 붉게 물들어가자, 암고양이는 특별한 이유도 없이 내게 미소지었다. 그 동물은 고독을, 다시 말해서 나와 단둘이 있는 것을 좋아하기 때문이다. 그 미소를 통해 나는 처음으로 제삼자인 비알이 내게 중요한 존재였다는 사실을 깨달았다.

비알의 부재가 내게 남긴 공백, 왠지 휑한 느낌의 편안함! 그러니까 그의 존재가 이 편안함을 가로막고 또한 이 공백을 채우기에 족했단 말인가? 동시에 나는 깨달았다. 제랄디가 내 집 앞에서 자동차를 잠시 멈추지 않은 건 기어를 바꾸는 소리가 컸기 때문이 아니라, 비알이 내 곁에 있다는 게 길에서부터 보였기 때문이었다는 것을…… 거세고 푸른 파도로 단단히 다져진 우리 집 앞 반달 모양의 백사장에 매일 다섯시쯤 찾아오던 내 친구들과 동료들이 모두 약속이나 한 듯, 아무 불평도 없이 발길을 끊은 것은 그들이 이곳에서 나와 함께 있는,

별말도 없이 약간 지루한 듯 그들에게서 멀리 떨어져 헤엄치는 발레르 비알을 만나게 되리라고 확신했기 때문이라는 것을……

단지 그 때문이었다…… 하지만 그것은 사소한 오해였다. 나는 곰곰이 생각해보았다. 그리 오랫동안은 아니었지만…… 오래 고민할 필요도 없었으니까. 하긴 내게 관련된 일 중에서 오랫동안 고민할 필요가 있는 것은 하나도 없다. 그 청년이 계산적으로 나에게 접근했다고는 생각지 않는다. 물론 나라는 사람이 그렇게 많이 속았으면서도 여전히 경계할 줄 모르는 바보인 것은 사실이다. 하지만 나는 오히려 그 청년이 일종의 연정을 품게 될까봐 두렵다. 우스운 이야기인가? 그러나 이 글을 쓰면서 나는 웃지 않는다. 고개를 들고 비스듬한 거울에 비친 내 모습을 무표정하게 바라본다. 그러고는 다시 글을 쓴다.

그 어떤 두려움도, 나 자신이 우스꽝스럽게 보일지 모른다는 우려조차도 이 글을 쓰는 것을 멈추게 하지 못한다. 내가 위험을 무릅쓰고서라도 출판하고 말 이 글을…… 오랜 세월 동안 나에 대해 아는 것들, 감추고자 애썼던 것들, 생각해낸 것들, 짐작했던 것들을 정리해온 이 종이 위로 달리는 내 손을 새삼 왜 멈춘단 말인가? 사랑이라는 재앙, 그 과정들, 그 이후의 일들, 이런 것들이 한 여자의 진정한 속마음을 다 말해주지는 않는다. 그랬던 적은 한 번도 없다. 남성 작가들, 혹은 그런 부류의 사람들은 어째서 한 여성이 독자들에게 그토록 쉽게 사랑의 속내 이야기를, 사랑의 거짓과 기만을 누설할 수 있다는 사실에 아직까지도 놀라는 것일까? 자신의 사랑 이야기를 폭로하면서 여성은 자기 자신도 잘 알지 못하던 부끄러운 비밀들, 엄청난 사실들을 드러낸다. 그녀가 수치심 없이, 신이 나서 마음대로 조작하는 눈은 커다란 환등기가 되어 때로는 행복이, 때로는 불화가 휩쓸고 가는 여성들의 영역, 늘 똑같은 그 영역을 샅샅이 비춘다. 그리고 그 주위의 그림자는 점점 더 짙어진다. 최악의 상황이 발생하는 곳은 빛이 가득한 환한 곳이 아니다. 남자여, 나의 친구여, 당신은 여성들의 작품이 자전적일 수밖에 없다는 사실에 대해 신이 나서 빈정거리는구려. 그렇다면 당신에게 여성을 묘사하고, 여성에 대해 귀에 못이 박이도록 얘기하고, 결국은 당신 앞에서 여성을 험담하여 당신이 여성에 대해 싫증내게 만든 사람은 누구였던가요? 당신 자신이었던가요? 그에 대한 나의 의견을 노골적으로 당신에게 말하기에는 난 아직 당신을 잘 모릅니다. 우리는 만난 지 얼마 되지 않았으니까요. 어디까지 말했더라, 그러니까 비알은……

오늘도 밤은 얼마나 아름다운지! 이런 밤에, 이제는 더이상 그렇게 중요하진 않은 일에 대해 심각하게 고민한다는 것 또한 얼마나 기분 좋은지! 심각하게, 왜냐하면 그것은 결코 가벼운 주제는 아니니까. 기이하고 통제할 수 없는 열정이, 내가 신뢰하는 친구들의 모임을 점점 축소시키고 급기야 해체시켜버리는 경우가 이번이 처음은 아니다. 내가 의도하지 않은 이러한 정복에서 나이는 문제가 아니다. 그런 열정을 일으키는 건 내 작품들이다. 그러니까 내가 그 문제에 관해 책임이 없다고만 할 수는 없는 것이다. 내가 이렇게 말한다고 경솔하다거나 오만하다고 여기진 말아달라. 독자들이 작가에게 편지를 쓸 때, 특히 작가가 여성일 경우에, 그들은 고정관념을 그렇게 빨리 버리지 못한다. 겨우 이삼 년 전 여름에야 나를 알았던 비알은 여전히 두세 개의 소설 속에서 나를 찾고 있음에 틀림없다. 내 작품들을 소설이라 할 수 있다면 말이다. 『클로딘』을 몰래 숨어서 읽었노라며, 같이 차 한잔 하자거나 혹은 국유지 우편으로 답장을 보내달라고 내게 편지를 쓰는 소녀들이 아직도 종종 있다. 그 소설의 출판날짜를 주의 깊게 살펴 내 나이를 가늠하기에는 너무 어린 그네들은, 내가 아직도 초등학생용 원피스를 입고 짧은 양말을 신은 어린 소녀인 줄 아는가보다. 망데스*는 죽기 얼마 전, "당신의 문학이 창조한 모델의 위력을 당신은 한참 후에야 알게 될 거요"라고 내게 말했었다. 남자들의 그런 암시와 상관없이, 단순하고도 비슷비슷하여 오랫동안 기억될 만한 문학적 모델을 만들 수 있다면!…… 비알과 엘렌 클레망 이야기로 돌아가자.

일그러진 달은 하늘에 낮게 떠 있다. 놀랄 만큼 선명하고 금속처럼 견고한 작은 구름이 달 표면에 딱 달라붙어 그 달을 따른다. 물 위에 떠 있는 과일 조각을 입에 문 물고기처럼…… 아직 비가 올 것 같지는 않다. 정원이나 과수원을 적셔줄 비가 좀 왔으면 좋으련만. 마치 분을 칠한 듯 뽀얗고 깊이를 알 수 없는 저녁의 푸른빛으로 인해, 장식이 거의 없는 벽은 더욱 붉어 보인다. 동쪽에서 불어오는 시원한 바람은 장식 없는 내벽까지 이르러, 듬성듬성 놓여 있는 가구들에 신선한 공기를 쐬어준다. 태양이 가득한 이 지방에서는 두툼한 테이블과 짚으로 된 의자, 꽃을 꽂은 화병, 그리고 가장자리에 에나멜을 칠한 접시 말고 다른 가구는 필요치 않다. 스공작은 창고처럼 커다란 거실을 낫, 십자가 모양의 쇠스랑, 반들반들한 나무로 된 두 갈래의 갈퀴, 이삭 터는 톱니바퀴, 붉은색 손잡이가 달린 채찍 등 시골 농기구들만

---

* 작가. 콜레트와 알고 지내던 시절 그녀의 절친한 친구 마르그리트 모레노의 연인이었다.

으로 장식했다. 그중에서도 끄트머리가 꼬인 채찍은 특히 우아하게 벽을 장식하고 있었다. 주사위처럼 생긴 비알의 집에도……

그래, 비알 얘기로 돌아가자. 오늘 밤 나는 비알 주위를 배회한다. 마치 귀찮게 하는 장애물 앞에서 온갖 장난을 다 치면서 비위를 맞추려 드는 말馬처럼 말이다. 나는 마음에 동요가 일까봐 두려운 것이 아니다. 단지 좀 지겨워질까봐 걱정이다. 젊은이들, 특히 엘렌 클레망은 늘 심각한 이야기, 사랑의 드라마를 갈망한다. 그들의 그런 취향이 두려운 것이다. 어제의 비알은 얼마나 사랑스러웠던가! 오늘은 벌써 덜 귀여워졌다. 나는 어제의 그의 모습에 오늘의 모습을 겹쳐보았다. 나는 스스로도 모르는 사이에 그의 이웃으로서의 충실성과 긴 침묵에 의미를 부여하고 있었다. 두 팔을 접어 그 위에 머리를 올려놓고 엎드린 그의 자세, 내 맘에 드는 그 자세에도. 나는 그가 퍼부었던 질문 공세를 되새기고, 그 질문들이 어떤 의미를 가지는지 가만히 생각해본다.

"그게 정말이에요? 그 인물에 대한 아이디어는 누가 주었나요? 당신이 무슨무슨 소설을 쓰던 그때쯤엔 아무개를 모르셨나요? ……오! 미안해요. 내가 주제넘게 굴면 내쫓아버리세요……" 그날 저녁은 최악이었다. "그녀가 감히…… 그녀가 감히?……" 그는 몇 번이고 되풀이했던 것이다. 처음으로 연인 역을 맡은 배우와도 같은 몸짓을 하면서……

이제는 더이상 바랄 것이 많지 않으므로 최고의 즐거움, 최고 중의 최고만을 받아들이게 된 인생의 시기에, 비알과의 만남은 일종의 때 아닌 열매였다. "어이, 젊은 친구, 석화 좀 사줄래? 마르세유에서처럼,

앉지 말고 선 채로 먹는 거야…… 비알, 내일 아침에는 여섯시에 일어나서 시장에 장미꽃을 사러 가자. 특별근무야!" 이런 식으로 사람들에게 섣불리 친근하게 대하는 나의 습관이, 그리고 여기선 좋고 저기선 나쁜, 나에 대한 다양한 평판들이 초래한 열매……

빨갛게 빛나는 제라늄과 사람들의 흰 옷, 그리고 폭발해버린 위성들처럼 붉은 속살을 드러내 보이는 수박이 있는 프로방스의 아름다운 여름. 이 계절이 끝날 때까지 나 자신에게나 다른 사람들에게 조금 덜 친근해진다면 결과는 달라질까? 하지만 그 무엇도 나의 행복한 여름을 방해하진 못한다. 푸른 소금과 맑은 물이 있는 여름, 창문을 열어놓고 지내며 바람 때문에 대문이 열렸다 닫혔다 하는 여름, 마늘을 줄줄이 엮어 달아놓는 그런 여름을……

나에 대한 비알의 감정, 그리고 비알에 대한 젊은 엘렌 클레망의 사랑과 원망…… 나는 본의 아니게 두 사람 사이에 끼어들게 되었다. 나는 그들에게 질문을 하고, 간결한 문체로 그들에 대해 이러쿵저러쿵 글을 쓴다. 남들에게 웃음거리가 되는 것을 무릅쓰고…… 그렇다. 우스꽝스럽기 짝이 없는 일이다. 기억할 필요조차 없는, 곧 잊어버릴 이야기이다. 매일같이 불면의 밤을 보내시던 어머니, 당신은 지금 이 시간에 어디서 밤을 지새우고 있나요? 지친 말을 도와 내 손과 어깨로 짐을 끌어주어야 할 순간에, 진흙투성이 개를 옷 안에 품어 안아야 할 순간에, 적의에 찬 시선으로 오들오들 떨고 있는 아이, 내가 낳지도 않은 아이를 달래고 보호해주어야 할 순간에, 혹은 치명적인 파멸을 향하여 휘청거리는 사랑의 무게를 내 팔에 실어야 할 순간에, 당신은 망설이거나 주저하지 말라고 가르쳤습니다…… 내가 만일 보통사람들처럼 은근슬쩍 소극적인 태도를 취하고 만다면, 나를 용서하세요. "내 나이에는 단 하나의 미덕밖에 없단다. 아무에게도 해를 끼치지 않는 것이지." 당신입니다, 그런 말을 하신 분은. 사랑하는 어머니, 나는 당신처럼 가벼운 발걸음으로 길을 걸을 수가 없습니다. 비가 오던 어느 날, 신발에 진흙을 거의 묻히지 않은 채 밖을 돌아다니던 당신을 나는 기억합니다. 아직도 햇살이 따사로운 좁은 골목에서 편안한 자세로 똬리를 틀고 있는 작은 뱀을 피해 발길을 돌리던 당신의 가벼운 발걸음이 보이는 것만 같습니다. '선'과 '악'을 손으로 더듬어 마법처럼 구별할 수 있는 맹인의 놀라운 안전장치가 내게는 없습니다. 미덕에 대한 진부하고 낡은 개념을 자신의 규범에 따라 재해석하는 기술도, 수세기 전부터 나름대로의 낙원을 추구하는 불쌍한 죄인들을 재평가하는 능력도 내게는 없습니다. 당신은 구역질나는 엄격함을 피했었지요. 당신이 쓴 이 편지를 난 얼마나 좋아했던가요! "못생긴 여자들을 기념하기 위한 작은 파티가 있었단다. 못생긴 것도 축하할 일일까? 그네들은 일감을 가져와서는 소름끼치도록 열심히 일만 한다. 왜 못생긴 여자들은 항상 뭔가 나쁜 짓을 하는 것처럼 보이는 걸까?" 당신은 그들의 선행마저도 능히 죄가 될 수 있다는 것을 간파하고 불쾌해했던 것입니다.

새벽이다. 오늘 새벽에는 꽃잎이 나부끼듯 비가 흩뿌리고, 하늘은 정겨운 구름들로 가득하다. 가슴이 확 트이는 듯한 새벽이다. 손을 짚고 몸을 일으키면, 빛에 밀려나는 어두운 그림자 속에서부터 시커먼 바다와 주사위 모양의 집이 윤곽을 드러내는 것이 보인다. 바다 위로는 벌써 제비들이 날아다닌다. 아직은 명확하게 무슨 색인지 알 수 없는 희미한 색채로만 드러나는 주사위 모양의 집, 그곳에는 외로운 청년 하나가 사소한 비밀을 간직하고 잠들어 있다. '솔리테르Solitaire'라고 쓰는, '외로운'이라는 단어의 철자는 예쁘게 생겼다. 머리글자인 'S'는 마치 누군가를 보호하는 뱀을 닮았고, 다이아몬드가 발산하는 것 같은 강렬한 광채를 띠고 있다. 비알의 강렬한 광채…… 불쌍한 사람…… 나는 왜 '불쌍한 엘렌 클레망……'이라고는 외치지 못하는 걸까? 그것에 대해 나 스스로를 납득시키고 싶다. 모로코를 여행하면서, 아주 교양 있는 친구들의 집에 머문 적이 있었다. 스스로 프랑스를 떠나 망명중이었던 그들은 모로코의 넓은 땅을 부지런히 관리하면서 살고 있었다. 그런데도 그들은, 파리에 대한 기사가 신문에 실리면 달려들어 흥미롭게 읽어대는 기이한 습관을 여전히 간직하고 있었다. 그들이 파리를 못 잊듯이, 남자인 당신은 내게 조국과도 같은 그런 존재인가? 존재의 근원인 남자여, 당신은 나의 가장 큰 걱정거리인가? 그렇다 해도 안 될 건 없다. 그러나 나의 걱정거리인 한여름의 대수롭지 않은 사랑들은, 전등불 주위를 둘러싸고 있는 어두운 그림자와 함께 여기서 끝났으면 좋겠다. 굵은 진주목걸이도 끊어뜨릴 듯 도도한 티티새의 노래 소리가 나에게까지 들려온다. 아직은 밤이라 소나무 향기가 은은히 풍겨오지만, 이제 곧 해가 뜨면 그 향기는 사라져버릴 것이다. 아직 잠이 덜 깬 바다로 나가서 해초를 뜯기에 딱 좋은 시간이다. 어린 귤나무들을 보호하려면 해초로 밑동을 싸주어야 하니까!…… 검푸른색 바닷물 속을 맨다리로 걷다보면, 발가락에 칠한 매니큐어는 어느새 벗겨져버린다.

6

사랑하는 내 딸에게,

이제 겨우 새벽 다섯시밖에 되지 않았다. 나는 지금 전등불빛과 더불어 우리 집 바로 앞에서 발생한 화재의 불빛에 의지해 이 편지를 쓰고 있단다. 모로 부인의 헛간이 불타고 있어. 누군가 고의로 불을 지른 것일까? 그 안에는 사료가 가득했단다. 소방수들이 내 작은 정원에 들어와 있다. 그들이 화단의 꽃과 딸기 열매를 마구 짓밟고 있구나. 닭장 위로 불꽃이 비처럼 쏟아지고 있다. 안 그래도 더이상은 닭을 키우기가 싫었는데 참 잘됐구나! 내가 기른 닭을 요리해먹고 또 남들에게 먹인다는 것이 끔찍하게 싫었거든. 불이 어쩜 저리도 아름다운지! 너도 나를 닮아 재난을 좋아할까? 저런, 불쌍한 쥐들이 불길에 둘러싸인 헛간에서 빠져나와 우왕좌왕 도망치고 있구나. 분명 장작 더미가 쌓여 있는 우리 헛간으로 오겠지. 너무 걱정하지 마라. 다행히도 바람이 동쪽에서 부는구나. 서쪽에서 불었다면 나는 이미 불고기가 되었을 거다. 나로서는 이 상황에 아무 도움도 줄 수 없으니, 그리고 단지 지푸라기가 탈 뿐이니까, 나는 폭풍과 바람 소리와 활활 타는 불길에 마음껏 빠져들 수가 있단다. 일단 이 편지를 써서 너를 안심시킨 후, 자리에서 일어나 아름다운 불길을 감상하면서 모닝커피를 마시련다.

"물론 내가 감히 당신에게 이렇게 하찮은 것을 드릴 수는 없지만요……"

엘렌 클레망은 다시 한 번 같은 말을 반복했다.

그녀가 어제 내게 가져온 "하찮은 것"은, 바바리아 무화과나무들 사이로 보이는 바다를 그린 습작이었다. 바다는 화학적인 청색 위에 아연의 청색을 덧발라, 약간 답답할 정도로 진지하게 그려져 있었다.

"하지만 내게 이걸 주려고 온 거 아니야, 엘렌?"

"네, 그래요…… 그냥 파란색이어서요, 당신은 주변에 파란색 물건들을 두길 좋아하시잖아요…… 하지만, 그래요, 이렇게 형편없는 걸 감히 당신에게 선물해서는 안 되겠지요……"

그러니까 그녀에겐 내 세간들이 그리 '대단해' 보였나? 손을 저으면서 그렇지 않다고 말할 수도 있었다. 그러나 나는 그냥 고맙다고만 했고, 그녀는 조심스럽게 자기의 그림을 선반에 올려놓았다. 덧문 사이의 어둠을 뚫고 들어온 빛이 번개처럼 곧게 선반 위로 비추었다. 그림은 다양한 종류의 파란색으로 빛나며 화가의 온갖 기교를 드러내고 있었다. 마치 화장을 진하게 한 얼굴이 환등기 불빛 밑에서 비밀을 드러내 보이는 것처럼. 엘렌은 한숨을 쉬었다.

"보시다시피, 좋은 그림이 아니에요."

"이 그림에서 뭐가 불만인데?"

"내가 그렸다는 사실이요, 바로 그게 문제예요. 다른 사람의 그림이라면 훨씬 나았을 것 같아요. 그림 그리는 것은 너무 어려워요."

"글쓰기도 어렵단다."

"정말이에요?"

진부하기 짝이 없는 질문이었지만, 그녀의 어조는 정말로 놀라고 또한 의아해하는 것처럼 들렸다.

"그렇다니까."

매일 오후 내가 꽃다발을 만들듯 정성스러운 마음자세로 맞이하는 저녁의 어슴푸레한 빛 속에서, 그 처녀의 눈은 어두운 초록색으로 변했다. 그리고 나는 다른 색으로 변해버린 그녀의 금발머리 밑으로 보이는 아름답고 싱싱한 목과, 별로 지적이지는 않지만 힘 있고 자신이 넘치며 목적 달성을 위해 무엇이든 하리라고 선언하는 사람들에게서 흔히 볼 수 있는 튼튼하고 활기차며 건장한 몸에 감탄하였다.

"글 쓰고 계셨어요?"

"아니, 이 시간에는 절대 일 안 해. 적어도 여름에는."

"그럼, 다른 시간에 오는 것보다는 덜 방해가 되었겠군요."

"방해가 되면 내가 가라고 할 거야."

"그러세요…… 레모네이드 한 잔 타드릴까요?"

"아니 됐어. 네가 목마른 게 아니라면 난 괜찮아. 미안해, 손님 대접

이 엉망이지?"

"오, 아니에요……"

그녀는 별 의미 없는 손짓을 하고는 책 한 권을 집어 펼쳤다. 어둠을 가로지르며 들어온 빛이 하얀 종이 위에 반짝이더니, 마치 거울처럼 천장에 반사되었다. 여름의 강한 빛은 이렇게 장난을 치면서, 아주 하찮은 것까지도 들추어내 근사하게 만들거나 아니면 해체시켜버린다. 한낮의 태양은 붉은 제라늄을 짙은 색으로 태우고, 타다 남은 서글픈 재를 우리 주위로 떨어뜨린다. 정오가 되면 잠깐 동안이나마 담벼락들과 나무들의 그림자가 그늘을 만드는데, 이 풍경 안에서는 그 그늘만이 진짜 하늘빛이다…… 나는 참을성 있게 엘렌 클레망이 돌아가기를 기다렸다. 그런데 그녀는 팔을 들어 손바닥으로 머리를 가다듬을 뿐이었다. 그녀의 모습을 보지 않고 그 동작만 보았어도 나는 그녀가 건강한, 그리고 약간 자극적인 금발머리 여인이라는 것을 알 수 있었으리라…… 금발의, 그리고 흥분하며 약간 신경이 예민해진…… 의심의 여지가 없었다. 그녀는 당황한 듯 맨살이 드러난 팔을 내렸다. 어깨와 팔꿈치 사이에 아직 군살이 붙지 않은 불그스레하고 예쁜 팔이었다.

"팔이 참 예쁘구나, 엘렌."

그녀는 우리 집에 들어온 후 처음으로 웃었다. 그러고는 부끄러워했다. 왜냐하면 부인네들, 그리고 처녀들은 남자들이 자신의 몸에 대해 찬사를 보내면 무덤덤하게 받아들이지만, 여자들로부터 칭찬을 받으면 더욱 뿌듯해하기 때문이다. 약간은 거북해하기도 하지만, 실은 남자들에게 칭찬받을 때보다 훨씬 더 깊이 감동받고 좋아하는 것이다. 엘렌은 웃었지만, 이내 어깨를 들썩해 보였다.

"하지만 그게 무슨 소용이 있어요, 나한테?"

"꼭 무슨 소용이 있어야 하는 건가?"

엉큼하게도 나는 그녀의 질문에 또다른 질문으로 답했다. 내가 비알을 비난했던 바로 그런 방식으로…… 어슴푸레한 빛 속에서 진한 초록색 눈의 갈색머리 처녀로 변한 그녀가 나를 대담하게 쳐다봤다.

"콜레트 부인."

그녀는 차분하게 말을 시작했다.

"부인은 지난 여름 그리고 올여름에도 나를, 정말 나를……"

"친구처럼 대했다고?" 내가 끼어들었다.

"부인, 이틀 전이었다면 분명 '친구'라는 단어를 썼을 겁니다. 그러고는 친구든 뭐든, 하여간 개인적인 그 어떤 것도 다 지긋지긋하다고 덧붙였겠죠. 오늘은 적당한 속어가 생각나지 않는군요. 당신과 함께 있으면 절대로 속어가 안 떠올라요."

"굳이 속어를 쓰지 않아도 돼, 엘렌."

이 아이의 존재는 시원한 내 방을 후텁지근하게 만들었고, 그녀가 품고 있는 감정은 공기를 무겁게 했다. 그것만으로도 나는 그녀가 원망스러웠고, 그녀가 내 낮시간을 잡아먹었다는 사실도 못마땅했다. 게다가 이제 내가 그녀의 비밀을 알게 되었으니 귀찮은 일이 생길까봐 걱정이 되었다. 마음속으로는 벌써 햇볕이 작열하는 테라스의 다져진 땅을 향해 도망가고 있었다. 그리고 가만히 귀를 기울이니 삼복더위에 더욱 지치게 만드는 매미 소리가 작은 파편들로 부서지듯이 큰 소리를 내며 다시 들려오는 것이었다…… 문득 나는 차양 너머에서 빛나는 모든 것들을 향해 감각을 열고, 더이상 참지 못한 채 엘렌에게 다음과 같이 말해버렸다.

"자 그러니까 이제…… 엘렌?……"

보통 여자라면, 이제 그만 가보라는 말을 예의에 어긋나지 않게 표현한 것임을 눈치챌 터였다. 그러나 엘렌은 완전히 어린아이였고, 그녀의 태도가 그 점을 보여주었다. 그녀는 한 번도 함정에 빠져본 적이 없는 짐승처럼 순진무구하게 내 말에 다음과 같이 대답했던 것이다.

"그러니까, 부인, 제가 믿을 만한 사람이라는 걸 당신에게 보여드리고 싶어요…… 그러니까 제가 당신으로부터 그런 대접을 받을 만하다는 것을…… 당신이 저를 거짓말쟁이라고…… 아무튼 그런 식으로 생각하지 말았으면 좋겠어요…… 또…… 그러니까 콜레트 부인, 사실 저는 상당히 독립적으로 살아요, 열심히 일도 하구요…… 그러나 아무튼, 당신은 인생을 잘 아시니까, 살다보면 우습지도 않은 그런 순간들이 있다는 것을…… 저도 다른 여자들과 똑같은 한 여자라는 것을…… 누군가에게 호감을 느낄 수밖에 없었고…… 그래서 희망을 가지고 싶었다는 것을…… 이해하시겠지요. 바로 그 희망이 나를 버렸어요, 아주 잔인하게. 그전에는 희망을 가질 만한 이유가 있었거든요…… 작년에 바로 이곳에서, 그는 내게 분명히 말했어요. 애매모호하게 암시하지 않았어요."

반 정도는 짓궂은 마음에서, 그리고 반 정도는 그녀가 숨 돌릴 여유를 주려고 나는 물었다.

"누가?"

그녀는 박자를 맞추듯 또박또박 그의 이름을 댔다.

"비알요, 부인!"

그녀의 눈에 분명히 드러나는 원망과 비난은, 내가 몰라서 묻는 것이 아니라 모른 척하는 것이라고 짐작했기 때문이리라. 그녀는 분명 그런 술수가 우리에게 어울리지 않는다고 생각할 것이다. 그래서 나는 다시 말했다.

"비알이라는 거 나도 알아. 그래서…… 우리가 어떡하면 좋을까?"

그녀는 아무 말도 하지 못하고, 입을 반쯤 벌린 채 메마른 입술을 깨물었다. 우리가 이야기하는 동안 한 줄기 햇빛이 그녀의 어깨를 붉게 물들이자 그녀는 팔을 움찔했다. 빛을 피하려 한다기보다 마치 팔 위에 앉은 파리라도 떼어버리려는 것처럼. 아직 못다 한 말이 있었으나, 그녀는 차마 입을 열지 못했다. 다음과 같은 말을 하고 싶었으리라. '부인, 비알이…… 비알이 당신을 좋아하는 것 같아요. 그래서 그 사람이 나를 사랑할 수 없는 거예요.' 내가 먼저 입을 열 수도 있었을 것이다. 그러나 침묵 속에 몇 분이 흐르는 동안, 나도 그녀도 무슨 말이든 할 결심을 하지 못했다. 엘렌이 자기 의자를 약간 뒤로 물리자 햇빛이 그녀의 얼굴에 와닿았다. 그 순간, 달처럼 둥근 뺨과 이마를 드러낸 그 젊은아이의 얼굴이 일그러지면서 울음을 터뜨릴 것처럼 보였다. 그러나 평상시에는 잘 보이지 않던 입가의 하얀 솜털이 격한 감정으로 인해 약간 떨렸을 뿐이었다. 엘렌은 요란한 색깔의 머플러 끝자락으로 관자놀이의 땀을 닦았다. 그녀는 침묵을 지키려 있는 힘을 다하고 있었지만, 너무 화가 나서 어쩔 줄 모르는 기색이 역력했다. 그녀는 자기를 이해해달라고, 아무 말도 하지 않아도 되도록 내버려둬달라고 내게 간청하고 있었다. 그러나 그녀는 이제 내게 있어서 그전의 엘렌 클레망이 아니었다. 나는 더이상 그녀를 위해 신경 쓰지 않기로 했고, 그녀에게 본래 이 세상에서의 자리를 돌려주었다. 내가 익명의 관람자로서 목격했던, 혹은 나 자신이 거만한 당사자로서 접했던 수많은 사건들 사이에. 이 순진하고도 광적인 처녀는 자신이 내 기억 속의 많은 것들, 소녀시절에 감미로운 눈물을 흘리게 했던 많은 것들과 경쟁할 만하다는 사실을 영원히 모를 것이다—새벽 푸르름의 절정에서 하얀 눈을 보랏빛으로 물들이는 어스름한 빛이 주는 최초의 충격, 갓 태어난 아기의 접힌 손이 꽃처럼 살포시 벌어지는 모습, 새의 목에서 흘러나오는 독특하고 긴 음조, 처음에는 낮게 시작했다가 너무 높이 올라가 어느 순간 그 음이 끊어질 때면 별똥별이 미끄러지는 것으로 혼동할 만큼 아련한 그 가락의 메아리, 그리고 나의 어머니를 생각나게 하는 그 불꽃들…… 사랑하는 어머니, 당신의 정원까지 뒤흔들어놓은 화재 때문에 엉망이 된 모란꽃들…… 당신은 숟가락을 손에 들고 테이블에 앉아 느긋이 말했었지요. "고작 지푸라기가 탈 뿐인걸……"

그쯤에서 나는 기꺼이 엘렌에게로 돌아왔다. 그녀는 자신의 난처한 사랑과 그다지 무례가 되지는 않을 만큼의, 나름대로는 정중한 의심으로 혼란해져서 말을 더듬고 있었다. 나는 하마터면 '아, 네가 여기 있었지!'라고 말할 뻔했다. 지나가는 손님은 마음이 편할 수가 없는 법이다. 그녀는 자신이 느끼는 수치심에 대해서 이야기했고, 다른 곳으로 떠나버려야 한다고 말했으며, 오늘 나를 방문한 자신을 나무라면서 "절대로 다시 오지 않겠다고" 약속하기도 했다. '왜냐하면……' 그녀는 네다섯 마디로 얘기해서는 안 될 금지된 결론을 내려버렸다.

불쾌하고도 끔찍한, 그녀로서는 어떻게도 할 수 없는 '당신이…… 당신이 비알의 여자친구니까요'라는 말…… 감히 '정부'라는 말을 쓸 수는 없었으리라.

그녀는 그녀에게 모든 것이 분명해진 그 순간을 넘겼다. 그리고 나는 점점 희미해지고 꺼져가고 퇴색되는 내 추억들을 바라보았다.

"한마디 말이라도 해주신다면…… 부인, 나를 내쫓기 위한 말이라도 좋으니 단 한마디만 해주세요. 나는 부인을 원망하지 않아요. 맹세코……"

"나도 그래, 엘렌, 나도 너를 원망하지 않아."

자, 그러니 이제 눈물은 그만. 아! 이 덩치만 큰 처녀아이들! 실패 따윈 모른 채 마음대로 들판을 뛰어다니고, 자가용을 끌고 다니며, 담배를 피우면서 어머니 아버지에게 함부로 말을 해대는 젊은아이들……

"자, 엘렌, 이제 그만 진정해……"

이 글을 쓰면서, 오늘 오후에 느꼈던 그 불쾌감을 생각하니 아직도 기분이 나쁘다. 아직 자정을 알리는 종소리는 울리지 않았다. 왠지 모를 불편함, 나도 모르게 붉어지는 얼굴, 그렇게도 단순한 몇 마디를 어색하고 서툴게 발음하는 것, 이 모든 일들의 이유에 이제야 이름을 붙일 수 있다. 그것은 '수줍음'이라는 단어이다. 사랑으로부터, 그리고 사랑의 행위로부터 멀어진 지금 또다시 그 '수줍음'이란 것과 조우했단 말인가? 눈물을 흘리며 사랑을 구걸하는 여자 앞에서 "아니에요, 엘렌, 당신이 상상하는 것은 사실이 아니에요. 이곳에서는 아무도, 그 무엇도, 어느 누구로부터도 뺏어가지 않아요…… 당신을 기꺼이 용서

하지요. 그리고 내가 당신을 도울 수 있다면 무슨 일이라도……" 이런 말을 하는 것이 그렇게도 어려웠단 말인가? 결국 나는 그렇게 말하고 말았다.

그 용감한 처녀는 그렇게까지 바랐던 것은 아니었다. 그녀는 감사하다는 말을 되풀이했고, 입을 벌리고 눈물 젖은 키스로 내 손을 덮으면서 나의 '친절'을 찬양했다. "제게 존댓말하지 마세요. 부인, 제게 '당신'이라고 하지 마세요……" 내가 그녀에게 문을 열어주었을 때, 기울어가는 햇빛이 문지방에 선 그녀를 감싸안았다. 흰 옷은 구겨지고 눈은 퉁퉁 부은 채, 그녀는 어색한 미소를 지으면서 축축해진 얼굴의 화장을 고쳤다. 감동을 받은 듯한 표정이었다. 그러나 나는 혼란 상태에 빠진 이 처녀, 엘렌과 얼굴을 마주하면서 나의 고약한 수줍음을 받아들여야만 했다. 혼란 상태는 수줍음과는 다르다. 오히려 수줍음과는 반대로 일종의 뻔뻔스러움, 그 속에 빠져 도취하는 쾌락 같은 것이다.

오늘 하루는 즐거운 날이 아니었다. 나에게는 아직도 많은 날들이 남아 있을 것이다. 그러나 나는 더이상 내 앞에 놓여 있을 그 많은 날들을 망치고 싶지 않다. 정지된, 모호한, 불필요한 상태로 있는 모든 것들이 그러하듯 퇴색하고 시들어가는 씁쓸한 수줍음…… 그것은 쓸데없는 장식도 아니지만, 꼭 필요한 양식도 아니다……

덥고 건조한 지중해의 바람이 살며시 들어와 방 한쪽 끝에서 다른 쪽 끝으로 스쳐간다. 그러나 그 바람은 방 안에 갇힌 부엉이의 날갯짓보다도 더 미약하다. 이 페이지를 끝내고 나면, 밖에 있는 라피아 야자수 침대로 가 밤하늘의 밝은 빛 속에서 잠을 자리라. 아름다운 별을 보며 쉬고 있는 나의 머리 위로 하늘 전체가 회전한다. 그리고 날이 새기 전에 한두 번 잠을 깬다면, 웅장한 천체들의 운행은 나로 하여금 가벼운 현기증을 일으키게 할 것이다. 계속 위치를 바꾸는 별자리들 때문에 마치 내가 같은 자리에 머물러 있지 않고 움직이는 것처럼 느껴지기 때문이다. 어떤 날 밤은 공기가 너무 차서, 새벽 세시면 이슬이 이파리마다 눈물 젖은 길을 내곤 한다. 그리고 앙고라 이불의 긴 털들은 마치 은빛 초원처럼 변한다. 수-줌-음…… 나는 약간의 수줌음을 느꼈다. 그러나 사랑에 대해 말해야 했고, 그럼으로써 그녀의 의심을 씻어주어야만 했다. 왜냐하면, 나도 역시 우스꽝스럽게 보이는 것이 두렵기 때문이다. 순진하게 이마를 붉히면서 "비알은……" 하고 소리치는 내 모습을 상상할 수 있겠는가……

그런데 그는 어떻게 되었나? 이 일에서 그는 무엇을 했나? 보잘것없는 이 이야기를 명확히 해달라고 여주인공은 요구했다. 그녀는 첫 번째 계획을 실행에 옮겼고, 솔직하게 자신을 표현했고, 나무랄 데 없는 명예에 대한 자신의 고약한 취향을 지켰다…… 그런데 남자는, 그는? 그는 침묵한다. 그는 땅속으로 숨어버린다. 이 무슨 특권인가?

7

그 남자는 그리 오래 침묵하진 않았다. 엘렌의 생각은 삼백 미터의 해안 위로 교묘하게 돌아다니고, 마치 굶주린 새처럼 굽은 연안을 따라가면서, 참으로 신속하게도 내 집을 어지럽히고 비알의 휴식을 방해했다. 오늘 아침 비알은 평소처럼 덧문을 열고 개들의 환대를 받으며 우리 집으로 들어오는 대신, 덧문에 기댄 채 멀리서 소리치는 것이었다.

"우리 둘입니다, 뤽알베르 모로랑 같이 왔어요!"

그러고 나서 그는 팔을 들어, 이상한 검은 옷을 입고 팔짱을 낀, 암사슴처럼 촉촉한 눈빛에 시골 성자만큼이나 온화하고 부드러운 태도의 뤽알베르 모로를 내게 가리켜 보였다.

"당신 소개하는데 다른 사람은 왜 끌어들여? 좋아, 들어와, 당신 둘,

뤽알베르랑 같이!"

나는 비알의 말투를 흉내 내어 그에게 외쳤다.

그러나 뤽알베르 모로는 곧 떠나고 싶어했다. 아내를 맞이하러 역으로 나가야 하기 때문이었다. 아내가 캔버스를 사가지고 온단다.

"죄송해요. 집에 캔버스가 하나도 없어서요…… 시내에도 없고요…… 미국사람들과 체코사람들이 색칠해대는 바람에 엄청난 양의 캔버스가 유린당하고 있어요…… 난 모자상자 바닥에다 그림을 그리고 있다니까요…… 역에 문제가 생겼다고 그러더군요…… 아! 그놈의 역! 역이 어떤지 아시죠?"

이렇게 말하면서도, 그는 고동같이 생긴 손으로 자기가 비난한 모든 것들을 용서하고 축복하는 듯한 몸짓을 했다.

바다로부터 불어오는 산들바람 덕분에, 오전 열시의 태양 아래서도 아침나절은 오래 지속되었다. 햇빛이 주는 쾌활함, 뽕나무 잎의 찰랑거림, 뜨거운 열기와 그 이면의 시원한 그늘, 이런 것들로 인해 마치 지금이 유월인 것처럼 느껴졌다. 활기를 되찾은 동물들은 봄을 맞은 양 이리저리 돌아다녔고, 지난 밤의 시원한 그늘이 두 달 동안 달구어졌던 땅의 열기를 지워버린 것만 같았다…… 날씨에 속아 몸이 가벼워진 나는 귤나무를 보호하기 위해 짚으로 나뭇가지를 감싸는 작업을 어려움 없이 끝냈다. 나무줄기 주위에 직경 이 미터로 둥글게 구덩이를 파고 그 속에 소금기를 뺀 해초들을 쌓은 후 흙으로 덮었다. 그러고는 마치 포도 수확 때처럼 두 발로 땅을 꼭꼭 밟아다졌다. 때마침 불어오는 산들바람이 이마에 맺힌 땀방울을 씻어주었다.

흙을 들어올리고, 파헤치고, 흩어놓는 것은 여간 고된 일거리가 아니다. 그러나 그것은 우리를 흥분시키는 커다란 즐거움이기도 하다. 그 어떤 운동도 이처럼 우리를 흥분의 도가니 속으로 몰고 가지는 못하리라. 운동은 아무런 수확도 가져오지 못하니 말이다. 흙을 파헤치다보면, 땅속을 열심히 들여다보거나 땅속의 것들을 탐내는 땅 위의 생명체들과 만나게 된다. 방울새 무리는 나를 따라다니다 소리를 지르면서 벌레에게 달려들고, 고양이들은 부슬부슬한 흙덩어리들을 검게 물들이는 습기의 냄새를 맡는다. 암캐는 스스로 자기의 영토라고 지정한 땅을 무엇엔가 취한 듯이 열심히 네 발로 판다. 배추 한 포기 심을 만큼의 작은 땅이라 할지라도, 땅을 파헤칠 때면 누구나 자신이 제일 먼저 그 땅을 판 첫사랑이라고, 그 땅의 주인이라고, 그 땅의 유일무이한 배우자라고 느끼게 된다. 땅에게는 과거가 없다. 단지 미래만 있을 뿐이다. 햇빛으로 인해 등은 뜨거워지고, 코는 반질반질해지고, 심장 박동은 마치 벽 뒤에서 나는 발소리처럼 꿍꿍해질 만큼 땅파는 일에 열중해 나는 잠시 비알의 존재를 잊었다. 밭일은 눈과 정신을 땅에 연결시킨다. 나는 영양을 공급받고, 받침대로 떠받쳐지고, 새 흙으로 덮인 짚더미 속에서 여유롭고 생생하게 되살아난 관목의 모습에서 행복과 사랑을 느낀다.

"그렇지만 비알, 지금이 진짜 봄이라면 땅은 훨씬 더 향기로웠을 텐데!"

"지금이 진짜 봄이라면……" 비알이 내 말을 받았다. "그렇다면 우리는 먼 곳에 있겠지요, 이 땅의 향기도 느끼지 못하는 곳에……"

"두고 봐, 비알, 이제 봄에도 여기 올 거야…… 그리고 가을에도…… 계절들 사이사이에도 틈이 날 때마다 와야지…… 예를 들어,

가만, 이월이나 아니면 십일월 마지막 두 주간…… 그래, 십일월의 마지막 두 주간, 그때는 포도밭이 황량하겠지…… 이 작은 귤나무에 달린 동그란 열매, 벌써 제법 귤 모양을 갖추지 않았어? 마치 사과처럼 동그랗네. 이 나무가 이런 동그란 열매를 계속 맺도록 해야지…… 십 년 후엔……"

보이지 않는 무엇, 뭐라 표현할 수 없는 그 무엇인가가 이 말 끝에서 나를 기다리고 있었음이 분명하다. 왜냐하면, 십 년이라는 말을 해놓고 나는 멈칫거리며 입을 다물고 말았으니까.

"십 년 후에는요?……"마치 메아리처럼 비알이 내 말을 받았다.

나는 그에게 대답하려고 머리를 들었다. 그러고는 아름다운 갈색 피부의 이 잘생긴 청년이—흰 옷을 입었음에도 불구하고—장미 울타리 위에, 접시꽃과 제라늄과 달리아가 잔뜩 피어 있는 내 집 담장 안에 어두운 그림자를 드리우고 있음을 발견했다.

"십 년 후에는, 비알, 사람들은 이 작은 나무에서 예쁘고 먹음직한 귤들을 따겠지."

"당신이 딸 겁니다." 비알이 말했다.

"내가 따건 다른 사람이 따건 그건 중요하지 않아."

"아니요, 중요해요."

그는 몸에 비해 큰 편인 코를 아래로 숙인 채, 내가 물이 가득 담긴 물뿌리개를 드는 것을 도와주지도 않고 가만히 서 있었다.

"고맙군, 비알."

"아, 죄송해요……"

그는 구릿빛 팔을, 태양에 검게 그을린 손을 내밀었다. 근육이 단단한 팔과 손가락이 길고 섬세한 손은 미묘한 대조를 이루었다. 나는 그 손의 도움을 무시하면서 어깨를 으쓱해 보였다.

"됐어!……"

"그래요, 알아요……"

비알의 짧고 모호한 대답은, 내가 내지른 한마디 말에 정확한 의미를 부여하고 있었다.

"난 그저…… 당신을 화나게 할 생각은 없었어. 남자 손이 참 섬세하고 예쁘네."

"참 예쁘지만, 당신 마음에는 안 드는 거죠."

"밭일하는 사람의 손으로는 좀 그렇지…… 아, 힘들어 죽겠다, 헤엄이나 좀 쳐야겠어! 등은 살갗이 갈라지고, 팔 위쪽은 허물이 벗겨지려고 해. 코는 또 어떻고…… 생각해봐! 오늘 아침 일곱시 반부터 쉬지도 않고 일했어! 내 모습 흉하지, 그치?"

비알은 내 얼굴과 손을 쳐다보았다. 강한 햇빛은 그로 하여금 윗입술을 젖혀 이를 드러내고 눈을 가늘게 뜨게 했다. 그의 찌푸린 얼굴에 갑자기 서글픈 경련이 일었다. 그러고는 다음과 같이 짤막하게 답하는 것이었다.

"네."

고백하건대, 나는 그런 답을 전혀 기대하지도 예상하지도 못했다. 게다가 비알의 말투를 보건대 분명히 장난으로 한 대답은 아니었다. 그렇지만 나는 목과 이마를 닦으면서 그냥 농담처럼 웃어넘기려고 했다.

"그러니까, 당신은 솔직하게 말해주는군, 적어도 당신은……"

그러고 나서 나는 집요하게 물고 늘어지기 위해 여성 특유의 어색한 미소를 되찾았다.

"그러니까, 내 모습이 흉하단 얘기지, 당신은 그렇게 말한 거지?"

비알은 여전히 고통스럽기 그지없는 표정을 지으면서 나를 계속 뚫어지게 바라보았다. 그러고는 한참이 지난 후에야 이렇게 대답했다.

"그래요…… 세 시간째 당신은 그 바보 같은, 그러니까 아무짝에도 쓸모없는 일에 매달려 있어요. 거의 매일 그랬지요…… 당신은 세 시간 전부터 햇빛에 그을려버렸고, 당신 손은 날품팔이 남자 손 같아요. 치마도 입지 않았고, 웃옷은 색이 바래버렸어요. 오늘 아침부터는 얼굴에 분도 바르지 않았죠. 도대체 왜, 왜 그러는 거예요?…… 그래요, 알아요, 당신이 그런 일을 좋아한다는 것을, 마치 전투에 나가는 전사처럼 열광하고 있다는 것을…… 하지만 같은 종류라 할지라도 다른 즐거움도 있잖아요…… 글쎄, 뭐랄까…… 꽃을 꺾는다거나, 바닷가를 산책한다거나…… 당신의 커다란 흰 모자를 쓰고, 목에 푸른 머플러를 두르고…… 당신은 눈이 참 아름답거든요…… 당신을 좋아하는 우리 생각도 좀 해주셔야죠. 우리도 저 하찮은 나무들만큼의 가치는 있잖아요……"

자신의 대담성이 극에 달했음을 느꼈는지, 그는 대놓고 토라져서는 발끝으로 땅을 뒤적거리다가 끝내 다음과 같이 한마디 덧붙이는 것이었다. "정말 그래요."

깨끗이 면도한 그의 갈색 뺨 위로 햇빛이 흘렀다. 그와 같은 얼굴에서는 절대로 젊음이 눈부실 만큼 찬란하게 빛나지 않는다. 가장자리가 거무스름한, 그래서 더욱 돋보이는 갈색 눈은 깊고 중후하다. 튼튼한 치아와 윗입술 가운데 파인 주름은 그의 입을 돋보이게 한다. 비알은 품위 있게 늙을 것이다. 콧등이 적당히 휜 우뚝한 긴 코와 단단한 턱, 짙은 속눈썹의 노인이 된 비알을 보면서 사람들은 말하리라. "젊었을 때 얼마나 멋있었을까!" 그는 한숨을 쉬면서 응수하겠지. "아! 당신이 서른 살 때의 나를 알았더라면! 자랑하는 것이 아니라, 나는……" 하지만 그건 사실이 아니다.

목덜미의 땀을 닦으면서, 헝클어진 머리를 손질하면서, 우리가 알고 지낸 이후 처음으로 내게 의미심장한 말을 건넨 한 남자 앞에서 내가 상상한 것은 바로 그런 일들이었다. 정말이다! 우리네 여자들이 일시적이나마 감정이 개입되지 않고 안정된 상태에서 남자들을, 혹은 여자들을 바라보며 상대방의 젊음을 향해 돌아서서 어떤 상상을 할 수 있으랴? 물론 우리는 판단에 있어 냉정하다. 나의 경우, 객관적이 되려고 애쓰다보면 곧 다음과 같이 단호한 말을 하게 된다. "당신은 이제 내게 아무것도 해줄 수 없어……" 그러나 급기야는 "그러니까 내가, 이번엔 내가 당신에게 무슨 도움이라도 주고 싶어……"라고 말하고 만다. 또다시 누군가에게 헌신할 수 있을까? 내가 그렇게 하지 않고는 못 배긴다면 그러겠지. 이 남자에게, 저 여자에게…… 가능한 한 최소한도로. 그러나 나는 아직 조화롭고 완벽한 고독을 누릴 만큼 강하지도 못하다. 최소한의 충격에도 흔들리지만 본래의 형태, 그러니까 생명 있는 세계를 향해 핀 꽃이 담긴 꽃받침 같은 것을 간직하고 있는 그 고독을……

그럼에도 비알을 바라보면서, 그리고 다리에 묻은 소금기 있는 모래를 털어내면서 나는 줄곧 이 남자에 대해 생각했다. 서둘러 대답할 필요는 없었으므로, 한참 동안 아무 말도 하지 않고 편안한 상태로 있었다. "기껏해야 지푸라기가 탈 뿐이니까……" 그리고 수줍음, 어제의 수-줍-음은 이제 사라졌으니까. 오! 남자여! 적이자 친구인 존재, 우리가 던지는 모든 것을 되돌려보내고 반사하는 벽처럼 운명적인 대화상대여…… 자신 있는 발걸음으로, 나는 마지막 장애물을 넘었다.

"이리 와, 비알. 수영하러 가자. 그리고 나서 할 말이 있어. 나와 함께 점심할래? 다진 고기 넣은 정어리가 있어."

그러나 상어가 나올지도 몰랐기 때문에 우리만의 호젓한 수영을 즐길 수는 없었다. 강기슭이나 만(灣)에 상어들이 돌아다닐 철이었던 것이다. 이웃에 사는 어떤 사람은 언젠가 상륙하려다 상어 허리에 배를 댄 적이 있었는데, 배가 물에 충분히 잠기지도 않은 상태여서 무척이나 곤란했다고 한다. 반면 이웃의 여행객들과 내 여름친구들은 열 명 남짓 모여 상쾌한 날씨, 미지근한 바닷물을 즐기고 있었다. 그들의 평화로운 모습은 상어를 경계하는 우리의 두려움과 대조를 이루었다. 매년 찾아오는 상어들을 조심해야 한다는 것을 우리는 잘 안다. 눈을 뜬 채 파도가 일렁이는 해파리색 바닷물 속으로 잠수하면, 구름이 만든 예상치 못했던 그림자가 하얀 모랫바닥에 아른거리며 우리를 수면 위로 몰아낸다. 숨을 헐떡이며 내몰린 우리는 그림자의 정체를 알고 자존심이 상한다. 벌거벗고 온몸이 젖어 무방비 상태인 우리는 오늘 아침 지구 반대쪽으로 탐험을 떠난 원정대처럼 단결됨을 느낀다. 그리고 어머니들은 날아다니는 고기잡이 투창으로부터 아이들을 보호하려고, 또한 문어 다리의 위험으로부터 구하려고 그들을 불러모은다.

제랄디는 마치 세이렌처럼 상반신만 물 위로 내밀고서 말했다.

"태평양에 사는 아이들은 물 속에서 상어하고 논대요. 물을 헤치고 다니면서 발뒤꿈치로 상어 주둥이를 뻥뻥 차기도 하구요. 그래서……"

"아니요!" 비알이 소리쳤다. "당신이 속은 겁니다! 태평양에는 아이들이 없어요! 잘난 척하지 말고 어서 돌아와요!"

우리는 모두 큰 소리로 웃었다. 왜냐하면 웃는 것이 좋으니까. 열기와 긴 여름과 바닷바람, 그리고 "내일도 모레도 우리는 어제처럼 푸르고 금빛나는 순간들을 지나는 날들을, '시간이 멈추어버린' 자비로운 날들을 맞이할 테니까. 그늘이란 흐린 날씨가 아니라 드리워진 커튼과 굳게 닫힌 문, 그리고 나뭇잎이 만들어내는 것이지……"라고 말할 수 있는 여유를 간직한 이런 기후에서는 편안하게 웃을 수 있으니까……

나는 오늘 열한시 해수욕 이후 떠나가는 내 친구들과 이웃들의 태도를 주의 깊게 관찰했다. 열두시 반쯤 해수욕이 끝나고 나서 아무도 비알에게 "갈래요?"라고 묻지 않았다. 아무도 그에게 "집 앞까지 데려다줄게요. 가는 길이거든요"라며 동행할 것을 제안하지 않았다. 그들은 비알이 나와 함께 점심을 먹을 것임을 잘 알고 있었다. 비알이 나와 함께 식사를 할지 안 할지 나는 몰랐지만, 그들은 알고 있었다. 초승달 모양의 해변 끝으로 각자 흩어져가는 그들 중 아무도 발걸음을 멈추고 비알이 그들을 따라오고 있는지 돌아보려 하지 않았다…… 그 누구도 "아참, 그렇지, 당신은 그냥 여기 있을 거지……"라고 말함으로써 나를 곤란하게 하거나 자극하고 싶지 않았던 것이다.

비알은 그들이 멀어져가는 것을 침울하게 바라보았다. 예전에는 그들과 함께 있는 것만이 그를 우울하게 만들었는데…… 비밀이란 건 그 소유자가 엄중히 간직하고 있으면 아무런 문제없이 잘 지켜지며, 누구에게도 손실도 이득도 주지 않는다. 하지만 엘렌 클레망이 말해 버렸고 그래서 고귀한 평온은 이제 끝이 났다. 침해당한 비밀은 누설되고 말았다. 비알은 한밤중에 깨어나 윗도리를 도둑맞고 밖으로 내쫓긴 남자 같은 모습이었다. 나는 기분이 상하지도 화가 나지도 않았다. 다만 나의 고독에 약간 환멸을 느낄 뿐…… 이십사 시간, 몇 마디 말. 내게 이십사 시간, 그리고 몇 마디 말만 주어진다면 시간은 투명한 흐름을 되찾을 수 있을 것이다…… 유유히 흐르는 강물이 있다. 그 잔잔한 흐름은 단 한 번의 충격만으로도, 물에 빠진 돌멩이가 자국을 남기며 첨벙 가라앉는 소리만으로도 동요를 일으킨다.

"비알, 커피 마시고 나서 이야기 좀 하자. 할 말이 있거든."

한풀 꺾인 태양, 시원한 해수욕 덕분에 오랫동안 지속되는 쾌적함, 귀찮게 구는 동물들, 자고로 식사에는 이런 것들이 필요한 법이다. 냅킨 위에서 햇살이 가볍게 떨리는 원을 그렸고, 가장 어린 암고양이는 꽃무늬가 새겨진 분홍색 토기 항아리에 몸을 기대어 서서 항아리의 볼록한 부분을 열심히 발로 긁어댔다.

그러나 식사를 끝냈을 때 묘목을 가꾸는 정원사가 오는 바람에 우리는 그와 함께 커피를 마셔야 했다.

커피를 마신 후에는 정원사를 포도밭 너머로 안내하여 소관목으로 된 울타리를 보여주었다. 관목들을 가지치기했더니 울타리가 너무 빈약해져서, 이 지방 특유의 매서운 북풍으로부터 포도밭이며 어린 복숭아나무들을 보호하려면 새로운 묘목들로 울타리를 보강해야 했기 때문이다. 게다가 정원사를 보내고 나니 오후의 졸음이 엄습했다. 이런저런 일들로 늦추어진 나의 오수가, 마치 자신의 권리를 주장하듯 나를 덮치는 것이었다. 프로방스의 더운 한낮에 몰아치는 잠에 대한 욕구를 모르는 사람만이 내게 돌을 던질 수 있으리라! 그 잠은 이마를 통해, 그리고 흐려지는 눈동자를 통해 침투한다. 그러고 나면 나의 온몸은 꿈을 꾸는 동물들처럼 몸서리치면서 잠에 복종하게 된다. 비알은? 그는 허탈감에 빠져 자리에서 일어나더니, 소나무 혹은 관목이 그늘을 드리운 길 위로 사라져버렸다……

세시 반이었다…… 이런 기후에서 그 어떤 걱정, 어떤 의무감인들 잠에 대한 욕구를, 한낮의 열기를 피해 시원한 구멍에라도 들어가고 싶은 욕구를 물리칠 수 있겠는가?

비알은 다시 왔다. 마치 지불기한이 연기된 약속어음처럼. 다시 오긴 했지만, 일부러 온 것은 아니었다. 널따랗고 근사한 포도밭을 돌보며 조용히 살고 있는 앞동네의 이웃을 데려다주고 돌아가는 길이었다. 그는 저녁의 어둠이 내릴 때 흰 옷차림으로 집 앞에 나타났다가, 다시 돌아가려는 듯 오 마력짜리 자동차에 시동을 걸려고 했다. 나는 심각한 어조로 그를 불렀다.

"잠깐, 비알…… 호두술 한잔할래?"

그는 아무 말 없이 출입로 쪽으로 들어왔다. 고개를 숙이고 저녁의 푸른 공기를 가로질러오는 그 남자, 금방 차가워져버린 저녁시간, 현관 앞에 서 있는 몽롱한 얼굴의 한 여인, 난간 위에 놓인 붉은 램프, 이 모든 것들은 끔찍하도록 슬퍼 보였다. 끔찍하도록, 끔찍하도록 슬프게…… 이 단어들을 되풀이해 적어보자…… 그것들을 종이 위에 기록해놓자⋯⋯ 금빛 도는 이 밤이 그들을 맞이할 수 있도록⋯⋯

그들⋯⋯ 끔찍하도록 슬픈, 버려진, 아직도 미적지근한, 이유를 알수 없는 수치심으로 인해 입을 다물고 있는 그들⋯⋯ 금빛 도는 밤은 곧 끝날 것이다. 촘촘한 별들은 여전히 창백한 빛을 드리운다. 더이상 팔월의 순간순간 볼 수 있는 완벽한 푸른빛은 아니다. 그러나 모든 것은 여전히 벨벳처럼 부드럽다. 밤의 열기, 졸음 사이사이로 느껴지는 살아 있다는 것에 대한 기쁨⋯⋯ 밤이 깊었다. 친근한 동물들은 내게서 멀지 않은 곳에서 깊은 잠에 빠져 있다. 숨쉴 때마다 떨리는 옆구리가 아니었다면, 그들이 죽은 줄로만 알았을 것이다.

끔찍하도록 슬픈, 감당할 수 없을 만큼, 목이 멜 만큼, 침이 마를 만큼, 공포와 방어의 원초적인 본능을 불러일으킬 만큼 슬픈 것들. 내가 기억할 수는 없지만 앞으로 다가오는 이 남자를 쫓아버리고 싶었던 순간, 그의 발 앞에 빈 수레를 밀어붙이고 삽과 가래를 내던지고 싶었던 그런 순간은 단 한 번도 없었던가? 결코 짖은 적이 없던 나의 암캐가 이런 내 마음을 느꼈는지 비알을 향해 짖었다. 비알은 마치 위험에 빠져 "친구! 살려줘"라고 외칠 때 같은 어조로 개에게 외쳤다. "왜 그래? 나 비알이야!"

분홍색과 푸른색으로 장식된, 천장이 낮은 거실로 들어가자 모든 것이 제자리를 찾는 듯했다. 멜로드라마, 무섭고 기괴한 이야기들, 감상적인 착각, 이제 나는 더이상 그런 것들을 생각할 수가 없었다. 비알은 이를 드러내고 미소지었다. 그의 입술이 두 개의 램프 빛을 받아 밝게 빛나고 있었다. 날이 짧아져, 창문으로 보이는 푸른 하늘엔 불규칙하게 반짝이는 두세 개의 별들만이 떠 있을 뿐이었다. 그 하늘의 크기는 커다란 양어장 정도밖에 안 되어 보였다.

"아! 따뜻해서 좋군요, 이 램프는……" 비알이 한숨을 쉬며 말했다. 그는 마치 난로에 손을 쬐듯이 램프에 손을 갖다대었다.

"담배는 푸른색 단지 안에 있어…… 오늘 신문 읽었어?"

"네…… 보여드릴까요?"

"오! 나야 뭐, 당신도 알다시피 신문에는 관심 없어. 단지 산불 소식을 알고 싶어서."

"산불이 났었나요?"

"팔월에는 항상 산불이 나지."

그는 손님처럼 자리잡고 앉아 연극적으로 담배에 불을 붙였다. 나는 테이블 밑에서 납작한 벽돌을 꺼내 그 위에 잣을 놓고, 『마탱』지 시절의 기념품인 두툼한 작은 납덩어리로 껍질을 벗겼다.

나는 인내심을 요구하는 일은 다 싫어한다. 책을 쓰는 일은 인내심을 요구한다. 제멋대로인 남자를 길들이는 일도, 해어진 속옷을 기우는 일도, 플럼 케이크에 들어갈 건포도를 고르는 일도 모두 다 인내심을 요구한다. 나는 훌륭한 요리사도 좋은 아내도 될 수 없었을 것이며, 대부분의 경우 매듭을 푸는 대신 줄을 끊어버린다.

비알은 비스듬히 앉은 채 어쩔 줄 모르는 표정을 짓고 있었다. 그래서 나는 인내심을 가지고 매듭을 풀기 시작했다……

"잣껍데기 벗기는 소리가 신경 쓰여? 목마르면 물그릇이 밖에 있어. 레몬도 있고."

"알아요. 고마워요."

그는 평소와 다른 나의 배려가 못마땅한 듯했다. 눈치빠른 그는 내

가 새로 산 카탈루냐 신발을 신었고, 유행보다는 태양의 법칙을 따르
듯 온통 흰색, 노란색, 빨강색이 출렁거리는 깨끗한 면 소재의 흑인여
성복을 입고 있다는 것을 알아차렸다. 잣을 먹으면서 나는 잡지를 펼
쳤다. 비알은 계속 담배를 피워대면서 창문을 통해 점점 어두워져가
는 들판 위로 날아다니는 박쥐들을 열심히 지켜보고 있었다. 사위가
어둑어둑해지면서 하늘 아래 출렁이던 바다는 검은 화석처럼 굳어버
렸지만, 아직은 바다와 땅을 구별할 수 없을 만큼 캄캄하지는 않았다.
야간 수상비행기는 바람을 가르고 파— 소리를 내면서 나타나서는,
창백한 불빛들 사이로 붉은 전조등을 비춘다. 밖에 있던 암고양이는,
창살이 내려진 대문에 몸을 기대고 마치 하프 연주자처럼 우아하게
창살을 긁어대면서 들어오겠다고 야옹거렸다. 비알은 고양이를 보고
웃었지만, 고양이는 차가운 시선만 던지고 사라져버렸다.

"저 고양이는 날 좋아하지 않아요." 비알은 한숨지었다.

"하지만 저놈의 환심을 사기 위해서라면 그 어떤 아첨이라도 떨겠
어요. 저놈이 그걸 안다면 날 조금은 좋아할까요?"

"다 알고 있어. 안심해."

그는 잠시 동안은 이 대답에 만족하는 것 같았다. 그러나 곧이어 또
다른 위안, 또다른 대답을 요구하는 것이었다.

"뤼알베르 부부나 라비상이나, 아니면 다른 누구라도 시내에 있는
카페에서 저녁 먹고 돌아오면서 인사차 들르지 않을까요?…… 아니,
어쩌면 당신이 그들과 함께 외출하기로 했던 건 아닙니까…… 카르
코 부부가…… 어떻게 하기로 했더라?……"

나는 삐뚜름하게 그를 쳐다보았다.

"이 시간이면 화가들은 잠들었겠지. 그리고 언제부터 그들이 저녁에 날 찾아왔지? 게다가 카르코 부부는 툴롱에 가 있어."

"아, 그런가요……"

피곤한 듯 그는 반쯤 드러누웠다. 소파의 쿠션에 뺨을 기대고 무의식적으로 그 모서리에 몸을 꼭 붙이더니, 마치 암초에 매달려 있는 것처럼 손으로 쿠션을 꽉 쥐고 지그시 눈을 감았다. 이 표류자를 어떻게 해야 하나? 얼마나 난처한 상황인가…… 그런데 여러분은 혹시 지금 내가 느끼는 불편함이 우리 두 사람 각각의 나이, 서로의 나이 차이 때문일 거라고 생각하나요? 이런 경우에 생길 수 있는 일들에 대해 여러분은 너무 모르는군요. 우리들, 우리네 여자들은 그런 건 생각조차 하지 않아요. 분명 나이 든 남자들은 그런 생각을 더 많이 할 겁니다. 그들에게는 젊은 여자들에 대한 사랑을 드러내놓고 과시할 권리가 허용되어 있는데도 말이죠. 우리가 얼마나 가벼운 마음으로 젊은 남자의 사랑을 받아들이는지, 우리네 '나이 든 여자의 의무' 따위를 쉽게 잊어버리는지 여러분이 알게 된다면! 만일 나이에 대해 생각을 한다면 그것은 오로지 더욱더 애교를 떨고, 건강 유지에 애를 쓰고, 몸치장에 신경 쓰고, 사랑스럽게 교태를 부리기 위해서일 뿐이랍니다. 게다가 그런 것들은 젊은 여인들에게도 마찬가지로 요구되는 일이지요. 아니요, 아니요, 내가 "얼마나 난처한 상황인가"라고 말한 의미를 나중에라도 여러분이 오해하지 말았으면 합니다. 우리네 여자들이 자신의 주제를 파악하고 두려워져 사랑하는 남자 앞에서 구걸하면서, 행복한 미래에 대한 희망이 보이는 순간마다 불안과 두려움에 몸을 떨 거라고는 상상하지 말아요. 고맙게도 우리는 훨씬 무분별하고, 용감하고, 또 순수하답니다. 우리들에게 열다섯 살의 나이 차이가 무엇이란 말인가요? 여성에 걸맞은 지혜—아니, 광기라고 해야 할까요—로써 그런 문제에 대해 이성적인 판단을 해야 할 날에 이르렀을 때, 나이 차이처럼 하찮은 것들은 우리를 두렵게 하지 못한답니다. 이런 말을 자신 있게 하는 데 지금보다 더 적합한 시기는 없을 겁니다. 독신에 가까운 상태이면서 과거의 추억을 감미롭게 회상할 수도 있고, 계속 이렇게 살고 싶다는 소망으로 가득한 지금이기에……

'우리들'이라고 쓰면서 나는 그 속에 그녀를 포함시키지 않습니다. 마치 사과나무가 꽃들을 떨구어내듯 세월을 흘려버리는 능력을 나에게 물려준 그녀 말입니다. 어느 결혼 피로연의 만찬에 대한 그녀의 말을 들어보세요.

"여든여섯 명 분의 만찬, 그 말만 들어도 벌써 형편없는 식사일 것을 짐작할 수 있겠지? 만일 내가 그날 죽었다면 분명 네 시간 반 동안 계속된 그 형편없는 식사 때문이었을 거야. 물론 난 거의 입에 대지도 않았지만. 그런데 사람들이 나보고 난리더라. 옷이 예뻐서였냐구? 아니, 천만에, 내가 젊어 보여서였지. 일흔다섯이라니…… 믿기지 않아, 그치? 이제 정말로 젊음을 포기해야 하나?" 아니, 아니, 아직 포기하지 말아요, 나는 젊은 당신만을 기억하니까. 당신의 죽음은 당신이 늙는 것도, 소멸하는 것도 막아주었어요. 당신은 늘 내 곁에 함께 있으니까요…… 당신의 마지막 젊음, 일흔다섯이라는 당신의 나이는 영원히 계속될 겁니다. 당신은 늘 밖에 걸어두었던 커다란 밀짚모자를 썼지요. 촘촘하게 짜인 종 모양의 밀짚모자 밑으로, 당신의 회색 눈은 탐욕스럽게 주위를 살피곤 했어요. 걱정과 경계심으로 인해 그 눈은 기묘한 마름모꼴이 되었지요. 눈썹은 모나리자만큼이나 옅었고 게다가 코는, 맙소사, 그 코…… "우리 코는 참 못생겼어." 나를 바라보면서 당신은 말했지요. 마치 "우리 코는 참 매력적이지 뭐야"라고 자랑하는 듯한 말투로 말입니다. 그리고 당신의 목소리, 당신의 발걸음…… 사람들은 당신이 계단을 내려오는 가벼운 발소리, 그리고 문을 확 열어젖히는 소리를 들으면 젊은 처녀인 줄 알고 뒤돌아보았지요. 그러고 나서 그들은 당신의 모습을 보고 어안이 벙벙해지곤 했어요. 아마도 젊은 처녀가 노파로 변장한 건 아닐까 했을 겁니다. "이제 정말로 젊음을 포기해야 하나?" 그럴 필요 없어요. 그런 행동은 당신한테 어울리지 않아요. 어머니, 어쩔 줄 몰라하고 있는 이 청년을 보세요. 생겼다가도 금방 사라져버리는 희망의 주위를 맴도는 이 청년은 얼마나 진부하고, 또한 감당하기 버거운지! 당신이라면 어떻게 했을까요? 어떻게 했어야 할까요?

그렇다, 얼마나 난처한 일인가…… 쿠션 모서리에 파묻은 그의 몸, 슬픔 때문에 초라해진 그의 모습, 세심하게도 자신의 감정을 숨기려는 노력―이 모든 것들이 내 소파에 누워 있었다. 그러니 얼마나 난처한 일인가! 그는 분명 또하나의 흡혈귀이다. 나의 동정심을 공략하는 모든 사람들을 나는 그렇게 부른다. 그들은 내게 아무것도 요구하지 않는다. "그저 이렇게 당신 그늘에 머물러 있게만 해주세요!……" 라고 말할 뿐이다.

침묵 속에 긴 시간이 흘렀다. 나는 책을 읽고 있었지만 결국엔 덮어버렸다. 다른 날이었다면 비알이 자고 있다고 생각했을 것이다. 내 친구들이 우리 집 소파에서 잠드는 경우가 종종 있기 때문이다. 낚시

나 드라이브를 갔다온 날, 혹은 해수욕을 했거나 일만 한 날에도 저녁이면 그들은 대화 도중 갑자기 말도 잊고 그 자리에서 행복하게 잠들곤 했다. 그러나 그는 자고 있지 않았다. 그는 불행했던 것이다. 흡혈귀의 첫번째 눈속임이자 첫번째 공격인 고통…… 행복하지 않았던 비알은 잠자는 척하고 있었다. 내 가슴속 깊은 곳으로부터, 이제는 내 안에 살고 있는 그녀가 꿈틀거리는 것을 느꼈다. 옛날에는 내가 그녀의 배에 붙어 있었건만, 그때 그녀가 느꼈을 무게보다 지금 내 가슴에 느껴지는 그녀의 무게는 훨씬 더 가볍다…… 나는 내가 연민의 감정을 좋아하지 않는다는 걸 잘 안다. 그녀 역시 그 감정을 좋아하진 않았다. "샹피뇽 영감의 조카가 많이 나아졌어. 네 오빠가 치료하느라 고생을 많이 했을 거다. 나무를 좀 보냈지. 그리고 지금은 내게 아무것도 줄 만한 물건이 없기에 다시 한 번 그 아이를 위해 모금을 했단다. 하지만 모금은 즐거운 마음으로 할 일이 못 돼. 아무것도 도와주지 않고 자기 배만 채우는 자들을 보면 난 금방 열이 오른단 말이야. 그래서 그들에게 간청하기는커녕 막 욕을 해버리고 말지.

너의 암고양이를 위해 매일 오후 '조그만 집'*에 들러서 따뜻한 우유를 먹이고 장작불도 때준단다. 아무것도 없는 날에는 계란을 삶아 먹였어. 그게 재미있어서가 아니야. 어린아이나 동물이 굶는다고 생각하면 내 마음이 불편해져. 그러니까 내가 편해지기 위해서 그렇게 하는 거야. 그게 나의 이기심이라는 걸 너도 알잖니."

기가 막힌 표현이다! 어느 누가 그녀보다 더 적절한 말을 선택할

---

* '프티트 메종', 즉 '조그만 집'은 18, 19세기에 정신병원을 지칭했다. 아마도 콜레트가 살던 집 근처에 정신병원이 있었던 듯하다.

수 있었을까. 이기심이라니! 바로 그 이기심이 겨울이면 그녀로 하여
금 가난한 아이들이 불 없는 방에서 추위에 꽁꽁 얼어붙는 걸 참을
수 없다고 외치며 이 집에서 저 집으로 돌아다니게 만들었다. 푸줏간
주인으로부터 뜨거운 물세례를 받은 강아지가 어느 집 앞에 쪼그리
고 몸을 비틀면서 울부짖어도 아무런 도움도 받지 못하는 상황을 그
녀는 참지 못했다. 그 집의 문은 열리지 않았고 사람들은 무관심했으
니까……

　사랑하는 어머니, 부드럽기 그지없는 한밤으로부터 벨벳으로 된 천
막보다도 더 빛나고 더 따스한 새벽에 이르기까지 나를 사로잡는 고
민을 당신은 아시나요? 당신이 나라면 어떻게 했을까요? 당신이 내
게 물려준 이기심의 발작이 나를 어디까지 끌고 갔는지 아시지요? 그
발작은 당신으로 하여금 남들에게 모두 다 주어버리고 결국 당신 자
신은 파산하게 만들었지요. 하지만 돈이 없는 것은 빈곤의 한 단계일
뿐, 그것이 다는 아니에요. 가난 속에서도 흔들리지 않은 당신은 가난
해질수록 더욱 정결해졌고 점점 더 빛을 발하였습니다. 그러나 반쯤
누운 이 육체를 보고는 당신도 치마 끝을 잡고 마치 웅덩이를 피하듯
돌아갔을지도 모르겠군요. 당신에게 경의를 표하면서, 나는 두려움에
사로잡혀 자는 척하고 있는 그에게 나의 용기를 보여주고 싶습니다.
　"자는 거야, 비알?"
　깨어 있었던 그는 내 소리에 전혀 놀라지 않았다.
　"그냥 조금 피곤해서요." 일어나면서 그가 말했다.
　그는 머리칼을 뒤로 쓸어넘긴 후, 풀어헤쳐진 셔츠와 플란넬 웃옷
을 고쳐입고 운동화 끈을 다시 맸다. 나는 새삼 그의 코가 참 길다고

생각했다. 그의 얼굴은 마치 열렸다 닫혔다 하는 두 문짝 틈새에 긴 형색이었고, 자기 딴에는 어색한 감정을 잘 감추고 있다고 믿는 것처럼 보였다. 나는 그를 다그치지 않았다. 셔츠 단추를 제대로 끼우고 있는지, 신발끈을 잘 매고 있는지 모를 만큼 정신이 없는 사람을 불안하게 하는 것은 옳지 않으니까.

"비알, 오늘 아침에 내가 당신에게 할 말이 있다고 했지."

그는 짙은 갈색의 머리를 살짝 숙였다.

"자, 비알, 얼마나 좋은 날씨야! 파— 하는 저 수상비행기 소리 좀 들어봐. 동북쪽 고지대에서 불어오는 저 부드러운 바람 소리도 말이야. 소금기 어린 늪의 소나무 냄새와 박하향을 맡아봐. 그 향기가 창살을 긁는 것 같아. 마치 고양이처럼!"

비알은 내리깔고 있던 눈을 크게 뜨고는 놀란 듯이 얼굴을 들었다. 그 얼굴에 솔직한 그의 감정이 드러났다. 수사적 기교라곤 모르는 이 순진한 남자 앞에서, 나는 내가 참으로 단단한 존재임을 느꼈다.

"비알, 포도밭의 포도들을 보았어? 포도알이 제법 굵어지고 파랗게 익은 데다가, 송이마다 어찌나 다닥다닥 붙었는지 말벌도 파고들지 못하겠던걸? 구월 십오일 전에 포도 수확을 해야 할 것 같지 않아? 소나기가 모르 산을 넘어오지 못한 채 이 계절이 끝나버릴지 어떨지 우리 내기할래? 그 산이 소나기를 다 끌어모은다잖아. 줄 끝에 달려 하늘을 나는 수많은 풍선들처럼 말이야. 파리에는 비가 와, 비알. 비아리츠에도 도빌에도 비가 내리지. 브르타뉴는 축축하고 도피네는 버섯으로 덮여 있어. 프로방스만……"

내가 말하는 동안 그는 눈을 더욱 가늘게 떴고, 그의 얼굴은 다시

116

굳어졌다…… 하나의 생명체는 끝없는 주의를 요구한다. 신중한 이 남자는 여간해선 내게 틈을 보이지 않았다. 그는 남자였기에 반어법을 경계했고 우수에 젖는 것을 싫어했다. 그의 얼굴에는 당황하고 긴장하는 빛이 역력했다.

"무슨 말인지 알겠어, 비알? 내가 여기서 보내는 시간은 일 년 중 가장 아름다운 계절이야. 내 인생에서 가장 아름다운 시기이기도 하지. 당신도 내가 여기서 보내는 이 계절을 좋아하지?"

비알의 얼굴에 보이지도 않을 만큼 미미한 움직임이 일더니, 용기 있고 남자다운 얼굴로 변했다. 이제는 그가 자신의 용기를 보여줄 수 있을 것만 같았다.

"아니요, 좋아하지 않아요. 이 세상 그 무엇과도 이 시간들을 바꾸지 않을 겁니다. 하지만 이 시간들을 좋아하지는 않아요. 그동안 거의 일을 할 수 없을 뿐 아니라, 행복하지도 않아요."

"당신이 어딘가에서 '토털 실내장식'을 맡았다고 하던데…… 어디였더라……"

"맞아요. '카트르 카르티에' 백화점이에요. 모형은 완성되었어요. 아주 큰 사업이죠. 거실, 침실, 식당 등 집 전체를 디자인하는 거예요. 나무와 금속으로 모형을 만드는 데 내가 가진 돈 모두를, 아니 그 이상을 쏟아부었지요. 하지만 성공한다면 내가 카트르 카르티에의 현대식 실내장식 코너를 맡게 되는 거예요."

"당신 일에 대해서 이렇게 자세히 말해준 적이 없었어."

"그것도 맞는 말이군요. 당신은 현대식 실내장식에 대해서는 별로 관심이 없잖아요."

"적어도 내 친구들에 관계되는 일에 대해서는 관심이 있지."

비알은 마치 안장에 올라타는 기사와 같은 동작으로 소파에 걸터앉았다.

"부인, 나는 한순간도 내가 당신의 친구라는 환상을 가져본 적이 없습니다. 나 같은 친구, 당신이 반말을 던지고, 손목을 잡고, 한여름의 유쾌함을 나누는 그런 친구들은 수없이 많지요."

"겸손하군."

"아니요, 난 그저 명확히 보는 것뿐입니다. 그건 그다지 어렵지 않아요."

그는 정중하고도 단조로운 목소리로 말하며, 자신의 마음을 드러내는 듯한 얼굴과 커다랗고 아름다운 눈을 내게로 돌렸다. 그래 맞아, 그 눈은 내 눈을, 눈뿐만 아니라 나라는 사람의 어느 부분이고 자연스럽게 주시하곤 했지.

"그래, 비알, 난 사실 깊은 관계를 맺기보다는 그저 친밀하게 지내는 편이지. 하지만 친구가 되기 위해 조급하게 굴 필요가 있을까? 우리도 친구가 될 거야…… 이다음에 언젠가는…… 난 아직 당신을 잘 몰라……"

그는 마치 내 말을 지우려는 듯 허공에 대고 손을 저었다.

"제발, 부인! 제발 그런 말 하지 말아요!"

"어제는 날 콜레트라 불렀잖아?"

"사람들 앞에서는 그래요, 남들과 구별되지 않으려고요. 당신이 조금이라도 신경을 썼다면, 우리 둘만 있을 때는 절대로 그렇게 부른 적이 없다는 것을 알았겠지요. 게다가 칠월 일일 이후 우리는 매우 자주 둘만 있었다고요."

"그건 나도 알아."

"그 세 마디 말의 어조만으로도, 부인, 나는 우리가 서로의 문제를 논할 시점에 이르렀다는 것을 느낍니다."

"당신의 문제지."

"당신에게는 불편한 것이구요. 그래요 부인, 당신에게 불편한 바로 그것이 제게는 그 무엇보다도 중요하답니다."

그러고 나서 우리는 잠시 아무 말도 하지 않았다. 왜냐하면 예상 밖으로 대화 속도가 너무 빨라서, 마치 싸움을 하는 것 같았기 때문이다.

"천천히, 비알, 천천히! 그렇게 갑자기 언성을 높이니 어깨가 다 서늘해지네……"

그는 나를 따라 웃는 척했다.

"유죄판결이 확정되면 범죄자들을 '진술대에 앉게' 하는 경우가 종종 있지요. 그러면 그들은 자신의 범죄에 대하여 아무렇지도 않게 말하곤 합니다. 자신의 첫사랑이나, 누이동생의 영세 얘기를 하는 것처럼…… 아무 말이고 합니다."

그는 양손을 무릎 사이에서 깍지 끼고는 으드득 소리를 내더니, 나를 다그치는 것이었다.

"부인, 내게 무얼 원하시는 겁니까? 아니, 당신이 원하지 않는 것은 무엇인가요? 분명 당신이 내게 요구하는 건 내겐 가장 고통스러운 일이겠지요. 하지만 그렇다 해도 난 당신이 원하는 대로 할 겁니다."

남자의 우아함은, 그것이 비록 말뿐이라 할지라도, 얼마나 우리를 사로잡고 또한 우리로 하여금 발걸음을 늦추게 하는가! 한 남자가 자신의 감정을 희생하겠노라 말할 때 그 남자를 영웅으로 떠받드는, 여자의 허영심이라는 취향이 내게 아직도 살아 있는 모양이다……

"좋아…… 그럼 그냥 단도직입적으로 말하지. 엘렌 클레망이……"

"아니요, 부인, 엘렌 클레망은 안 됩니다."

"엘렌 클레망은 안 된다니, 무슨 소리야?"

"말 그대로입니다, 부인. 그 어떤 엘렌 클레망 얘기도 안 됩니다. 엘렌 클레망 이야기는 그만 하세요. 다른 이야기를 합시다."

"하지만, 생각 좀 해봐, 이 친구야! 잠깐 들어봐! 당신은 몰라…… 어제 그녀가 왔었어. 그리고 난 금방 확신할 수 있었지. 분명 그 아이는……"

"브라보! 대단한 통찰력이시군요! 확신하신다구요? 저도 기쁘군요. 됐어요, 이제 더이상은 말하지 맙시다."

비알의 눈에서 날카로운 불꽃이 튀었다. 그는 거만한 시선으로 나를 뚫어지게 바라보았다. 내가 화를 내려고 하는 것을 보자, 그는 내 손 위에 자기 손을 얹었다.

"아니요, 부인, 더이상은 말하지 말아요. 당신은 엘렌 클레망이 나를 사랑하는데 나의 무관심이 그녀의 마음을 상하게 하니, 제랄디의 표현에 따르면 '젊고 예쁘고 건강한' 그녀에게 연민의 정을, 아니 사랑의 감정을 가져야 한다고, 그리고 그녀와 결혼해야 한다고 말하고 싶은 거지요. 그래요, 알아요, 그러니 이제 됐어요. 더이상 말하지 맙시다."

나는 그가 잡은 손을 빼냈다.

"오! 비알, 그런 식으로 받아들이면 곤란해."

"그래요, 부인, 나는 그런 식으로 받아들여요. 아니, 그보다 더 심하게 말해볼까요? 나는 당신이 그 여자 이름을 우리 대화에 끌어들인 것이 못마땅해요. 그럴 만한 이유라도 있었나요? 그게 뭔가요? 말해 보세요. 말하라니까요. 그 처녀한테 관심 있나요? 이제 겨우 스물여섯 인 그녀의 미래를, 그 가냘픈 아이의 행복을 책임지기라도 하겠단 말 인가요? 그녀를 끔찍이 아끼나요? 그녀의 친구라도 됩니까? 대답해 보세요, 부인, 어서 대답하라니까요. 왜 얼른 대답 못 하는 거죠? 시간 이 모자라기라도 한 건가요? 내 질문에 기꺼이 '그래'라고 대답하는 데는 많은 시간이 필요치 않아요, 부인. 게다가 당신은 평상시에는 민 첩하잖아요…… 당신은 엘렌 클레망을 좋아하지 않아요, 좀더 냉정하 게 말하면, 당신은 엘렌 클레망의 행복 따위엔 관심도 없지요. 게다가 그녀의 행복은 당신과는 아무 상관도 없고요. 화내지 마세요, 이제 할 말 다 했으니까. 이제 끝났어요. 후! 시원한 레모네이드 한 잔 마셔야 겠어요. 당신에게도 한 잔 갖다드릴게요, 가만히 계세요."

그는 잔에 음료수를 따랐다. 그러고는 다음과 같이 덧붙였다.

"그것만 아니라면, 다시 말하지만, 당신이 원하는 대로 다 할게요. 이제 당신 말을 듣겠습니다……"

"아니! '진술대에 앉겠다'고 말한 사람은 당신이잖아."

"미안합니다, 부인. 당신이 한창 아름다운 계절을 노래하는데 내가 방해했군요."

아! 최소한 내 마음의 떨림이 있었더라면, 손이 얼어붙는 듯한 느낌 이 들었더라면, 내 몸에 고통을 느낄 수 있었더라면! 돌이켜보면 바로 그 순간에도 이미, 나는 우리 두 사람 사이에 욕망이라는 숭고한 제삼 자가 존재하지 않는다는 사실을 안타까워했다. 욕망이 있었다면 힘들이지 않고도 그 욕망으로부터 오늘 저녁 이 만남의 의미를, 이 만남에 부족한 톡 쏘는 맛, 혹은 일종의 스릴 같은 것을 끌어올 수 있었을 것이다. 비알은 어제의 젊은 친구, 여름에 만나는 지인들 틈에 섞여 있는 '나의 귀여운 비알'과 특별한 연인 사이의 분명한 차이를 내게 인식시켜주고 싶었던 것이다.

"비알, 우리가 서로 뜻이 통하는 데는 별로 많은 말이 필요하지 않을 거야, 난 벌써 그걸 느꼈어."

그것은 예의상 그저 애매모호하게 한 말이었다. 그런데 그는 내가 의미했던 것 이상의 뜻으로 해석한 모양이었다.

"정말이에요? 정말인가요? 그렇게 생각하세요? 지금껏 살아오면서 얼마나 많은 남자들에게 그런 말을 했나요? 아니면 나한테만 한 말인가요? 하긴, 당신 책에서 그런 암시는 찾지 못했어요…… 그런 말은 하나도 없었지요…… 당신의 책을 읽으면 항상 당신은 사랑의 감정을 경멸한다고 생각하게 돼요. 그런데 방금 내게 한 말은 그런 느낌과는 거리가 있군요. 여러 남자들 중 하나에게 당신이 그런 말을 하리라고는 예상하지 못했는데……"

"내 책들이 이 일과 무슨 상관이야, 비알."

사람들이 내 책 속에서 살아 있는 나를 찾으려 한다는 것을 느낄 때마다 나를 사로잡는 질투에 가까운 실망감, 공연한 적대감을 나는 그에게 숨길 수 없었다.

"내 책 속에 숨어 있게 내버려둘 수 없어? '도둑맞은 편지'*처럼 아

---

* 에드거 앨런 포의 작품 「도둑맞은 편지」에 등장하는 편지.

무도 찾지 못할지라도 말이야. 우리의 이야기로 돌아가자."

"우리 두 사람에게만 관계된 일은 없습니다, 부인. 그래서 난 슬퍼요. 당신은 당신과 나 사이에 제삼자를 심어놓았어요. 그녀를 돌려보내세요, 그러면 우리는 단둘이 남게 됩니다."

"하지만 난 그녀에게 약속했는걸……"

비알은 흰 셔츠 소매 아래 검게 그을린 손을 들어올렸다.

"아! 그렇군요! 그녀에게 약속을 했군요! 무엇을 약속하셨나요? 솔직히 말해서, 부인, 그 일에 당신이 무슨 상관이지요?"

"그렇게 크게 소리지르지 마. 디빈이 포도밭 오두막에서 자고 있어…… 클레망이 말하길, 작년에 바로 이곳에서 당신들은 달콤한 말을 주고받았고, 그녀는 그 말들이 사랑의 약속이라고 믿었다는 거야……"

"작년에는 그랬을 수도 있지요. 올해는 달라졌어요, 그뿐이에요."

"너무해. 그건 멋진 행동이 못 돼."

비알은 내게 몸을 획 돌렸다.

"왜요? 내가 나쁜 짓을 했다면, 마음이 바뀌었다고 그녀에게 알리지 않았다는 것뿐입니다. 미성년자를 납치한 것도 아니고, 순진한 여자를 데리고 잔 것도 아니잖아요. 그게 다인가요? 당신이 나를 비난하는 이유가? 잠깐 스쳐갔을 뿐인 그 일시적 정열에 경의를 표하려고 아름다운 계절에 대한 노래를 준비한 건가요? 나를 쫓아버리기로 결정한 것은, 당신이 그렇게 결정했으니 말이지만, 엘렌 클레망의 행복을 위해서인가요? 당신은 왜 당신을 이토록 아끼고, 그 누구보다도 당신 말을 잘 듣는 사람을 쫓아버리려 하나요? 엘렌 클레망에게 약속한 일이 바로 그건가요? 도대체 무슨 명목으로 그녀는 당신에게서 그런 약속을 받아낸 건가요? '도덕'의 이름으로? 아니면 나이 차이 때문인가요? 그녀라면 충분히 그랬을지도 몰라요." 그는 쾌활한 척하며 그렇게 외쳤다.

나는 고개를 저어 그의 말을 부정하면서, 최대한 정겨운 시선을 그에게 보냈다. 가여운 비알, 이렇게 고백을 하다니…… 그러니까 그는 우리의 나이 차이를 생각했단 말이지? 고통받고 있었구나, 말없이 혼자 갈등하고 있었구나……

"솔직히 말할까, 비알? 나는 나이 차이 같은 건 한 번도 깊이 생각해본 적이 없어."

"한 번두요? 어떻게 한 번도 생각하지 않을 수가 있어요?"

"그러니까…… 난 그런 건 아예 신경 쓰지 않아. 멍청한 놈들이 이러쿵저러쿵하는 것 따위로 생각할 뿐이야. 엘렌 클레망한테 약속한 건 그게 아니야." 종종 그렇게 하던 것처럼, 나는 손바닥을 펴서는 그의 불룩한 가슴팍에 갖다대었다. "비알, 그럼 당신은 정말로 내게 애정을 느끼는 거야?"

그는 눈을 내리깔고 입을 꽉 다물었다.

"당신이 말하는 그 나이 차이에도 불구하고 나를 좋아한다면…… 그리고 나이 차이 같은 건 내게 하나도 문제가 되지 않아."

그는 가슴에 놓여 있는 내 손을 턱으로 밀어냈다. 약간 거친 동작이었다. 그러고는 재빨리 응수하는 것이었다.

"당신에게 아무것도 묻지 않겠어요. 당신이 다른 장애라고 이름 붙인 것이 도대체 무엇인지도 묻지 않을게요. 난 당신이 자신과 관련된 일을 그렇게…… 그렇게 태연히 말할 수 있다는 사실이 놀라워요."

"할 말은 해야겠어, 비알. 엘렌 클레망에게 확인시켜준 것은 단지 당신과 그녀 사이에서 내가 방해자는 아니며, 앞으로도 절대 그럴 일은 없으리란 사실이었어. 게다가 그것도 그렇게 단호하게 말하지는 않았고."

비알의 얼굴이 일그러졌다. 그는 여전히 가슴팍에 놓인 내 손을 팔등으로 밀쳐버렸다.

"정말 끔찍하군요." 그는 숨이 막힐 듯한 목소리로 외쳤다.

"아무리 생각이 없어도 그렇지…… 당신을…… 당신을 자기와 같은 차원에 놓다니! 당신을 관대한 경쟁자 취급하다니! 누구의 경쟁자? 왜, 아예 막돼먹은 여점원의 경쟁자로 만들지? 말도 안 돼. 당신을, 부인, 당신을! 당신을 흔해빠진 보통 여자들처럼 대하다니, 난 당신을, 글쎄, 모르겠어요, 아무튼 당신을 난……"

그는 팔을 들어, 마치 받침대에 동상을 올려놓듯 나를 허공의 높은 곳에 올려놓는 시늉을 했다. 나는 그런 그를 놀리면서 그의 동작을 막았지만, 마음이 조금 아팠다.

"오! 부인……"

"비알, 아직은 나를 좀 살아 있는 사람들 사이에 내버려둬줘. 나 그런대로 잘 지내고 있거든."

비알은 비난과 슬픔으로 인해 숨이 막힐 것만 같은 시선으로 나를 바라보았다. 그는 맨살이 드러난 내 팔 위쪽에 가만히 뺨을 가져다대었다. 그러고는 눈을 감았다.

"살아 있는 사람들 사이에요?……" 그는 내 말을 되뇌었다. "하지만

재가 될지라도, 이 팔이 타고난 후 재만 남을지라도 그것은 살아 있는 살덩어리보다 더 뜨거울 겁니다. 그리고 그 재는 이 몸의 형태를 그대로 간직하고 있을 거구요……"

나는 차마 그의 뺨을 밀어낼 수 없었다. 그러나 곧 그가 스스로 물러났고, 나는 그런 그가 맘에 들었다. 그래서 그를 바라보면서 "그래, 그래" 하고 고개를 끄덕였다. 그는 피곤해 보였다. 밤이 깊어감에 따라 그의 뺨에 검푸른 안색이 돌았다. 서른다섯 혹은 서른여섯 살, 못생기지도 않았고, 퇴폐적이지도 않으며, 성격도 나쁘지 않은 이 남자…… 나는 바람 한 점 없는, 모두가 잠든 이 밤 속으로 빠져들어갔다. 그리고 윗도리를 벗은 채 약간 흥분해 있는 이 청년에게서 사랑의 밤을 느끼게 하는 향내를 맡았다. 그런데 그 내음은 왜 나를 조금씩 슬프게 만드는 것일까.

"그런데 비알, 당신은 나 말고는 어떻게 살아? 내 말 무슨 뜻인지 알지?"

"별일 안 해요…… 그냥 당신 생각만 해요."

"별로 근사한 삶은 아니네."

"그건 내가 평가할 일이에요."

나는 약간 짜증이 났다.

"이 바보 같은 고집쟁이야, 나만 생각하면서 도대체 이제까지 어떻게 살았어, 또 이제 어쩌려고 그래?"

"모르겠어요, 글쎄요." 그는 시큰둥하게 말했다. "사실은 가능하면 생각 안 해요. 종종 파리에서 당신이 나를 만나줄 시간이 없을 때면, 난 스스로에게 이렇게 말하곤 했죠."

그는 벌써 오래 전부터 자기 자신에 대해 말하고 싶었던지, 터놓고 얘기할 수 있게 된 것이 좋은 듯 혼자 웃었다.

"이렇게 말이에요. '아! 차라리 다행이야. 그녀를 보지 못하면 보고 싶은 마음이 더 빨리 지나가버릴 거야. 참고 기다리면 되지 뭐. 그러다 내가 다시 그녀에게 돌아갈 때면 그녀는 어느새 예순, 일흔이 되어 있겠지. 그러면 난 다시 정상적으로 살 수 있을 거고, 그 삶은 오히려 유쾌할 수도 있어……'"

"그렇구나…… 그러고 나면?"

"그러고 나면요? 그러고 나서 내가 다시 당신을 보러 가게 되면, 바로 그날 당신 안에 있는 악령들이 모두 깨어나 분을 바르고, 눈화장을 하고, 새 옷을 입고, 여행을 가고, 연극 공연을 하고, 〈셰리〉 순회공연을 떠나는가 하면, 포도나무와 복숭아나무를 심고, 자동차를 사고…… 그러면 모든 것이 또다시 시작이지요. 게다가 여기서도 마찬가지고요." 그는 속도를 늦추면서 천천히 말을 마쳤다.

한동안 침묵이 흘렀다. 밖에서는 아무것도 움직이지 않았다. 램프 불빛을 받으며 테라스의 긴의자에 웅크리고 앉아 있던 고양이는 이슬이 내릴 것을 예고하는 듯 동그랗게 몸을 말았고, 버들가지는 마치 둥근 천장 밑에서 울리는 것처럼 웅웅 소리를 냈다.

비알은 이제는 내가 말할 차례라고 은근히 재촉하는 듯, 아무 말도 없이 나를 바라보았다. 하지만 우울한 듯하면서도 내심 은근히 자기만족에 빠져 있는 그에게 더이상 무슨 말을 할 수 있단 말인가? 그는 아마도 내가 무척 감동을 받았을 거라고 생각하는 모양이었고, 그건 사실이었다. 나는 말 대신 단순한 몸짓을 해보였는데, 그는 그것을

"계속해……"라는 의미로 받아들였다. 여성적이고 유혹적인 어떤 표정이 그의 얼굴에 떠올랐다. 구릿빛 얼굴 위로 갑자기 빛나는 희망 같은 것이 휙 스치고 지나가는 듯했다. 그러나 그것은 잠시뿐이었고 오래가지 않았다. 그것은 단지 승리를 가장한, 한 조각의 행복을 위장한 순간적 폭발일 뿐이었다. 자, 조금 서둘러야겠다. 약간 엄격해져야겠다. 이 순진한 청년이 눈을 뜨도록 하자. 그가 현실을 깨우치도록, 오해하지 말도록 하자…… 그러나 내가 입을 열기 전에 그가 다시 말을 이었다.

"부인." 그는 침착해진 목소리로 말했다. "부인, 난 당신에게 더이상은 할 말이 없습니다. 하긴 당신에게 딱히 할 말이 있었던 적은 한 번도 없습니다. 나만큼 아무런 의도도, 속셈도 없는 사람은 또 없을 겁니다."

그의 말 중간에 나는 '욕망도'라고 덧붙일 뻔했다.

"아니지, 나도 있는걸!"

"죄송합니다만, 당신 말을 믿을 수 없습니다. 당신은 오늘 저녁 나를 불렀지요, 그리고……"

"아니, 어제 저녁이야."

그는 무심코 자기 뺨에 손을 대더니, 그사이 수염이 자라 까칠까칠해진 것을 알고 놀라는 표정을 지었다.

"아, 시간이 많이 늦었군요…… 그래요, 당신은 어제 저녁 나를 불렀고, 그보다 먼저 어제 아침에도 나를 호출하셨죠. 내게 클레망에 대해 이야기하기 위해서, 그리고 나를 떼어버려야 한다는 당신의 의무감에 대해 말하기 위해서가 아니었던가요?"

"그랬지……"

내가 약간 주춤하자, 그는 화를 냈다.

"그것 말고도 다른 의도가 있었나요? 제발, 저를 배려하고 보살펴야 한다는 생각은 하지 말아주세요. 게다가 저는 그렇게 불행하지도 않단 말입니다. 정말이에요. 지금까지 저는 부서지기 쉬운 무엇인가를 품고 있는 사람 같은 인상을 주었습니다. 매일같이 난 안도의 숨을 내쉬며 이렇게 말하곤 했지요. '아직 아무것도 깨지지 않았어.' 그래요, 아무것도 깨지지 않았을 겁니다. 다분히 의도적으로 보이는 어느 누군가의 무거운 손길이 닿지 않았더라면……"

"자, 엘렌은 가만히 놔둬, 그 아이는……"

이렇게 말하면서 나는 스스로에 대해 수치심을 느꼈다. 그 말을 글로 쓰자니 더욱 수치스럽다. 그 단어들, 친절한 척하면서도 속으로는 경쟁심이 담긴 어조, 사악한 시어머니들의 말투…… 그것은 사치품이자 선택된 사냥감이며 희귀한 수컷인 남자가 요구할 때 우리가 그들에게 바치는 상습적인 칭찬, 저속한 승낙이다. 아무것도 모르는 비알은 내 말을 곧이곧대로 듣고는 기뻐했고, 그의 얼굴은 마치 달빛에 반짝이는 은화처럼 환해졌다.

"물론 그녀를 가만히 놔두고말구요, 난 그저 그녀를 가만히 놔두고 싶을 뿐이에요. 나는 아무에게도 아무것도 요구하지 않아요. 내가 얼마나 착하고, 또 얼마나 순한 사람인데요…… 자 부인, 당신이 직접 내게 운명을 바꿔보라고, 아니 개선하라고 말해보세요. 그런다고 해도 나는 '제기랄!' 아니 심지어는 '사탄아 물러가라!'고 소리치고 말 겁니다."

그 말을 한 후 그는 웃음을 터뜨리고 말았다…… 그도 자신을 어쩌지 못했던 것이다. 어른이 어린아이 흉내를 낼 경우에는 반드시 그 값을 치러야 한다. 더구나 개구쟁이 짓이 귀염성 있어 보이게 하려면 타고난 재능이 있어야만 한다. 적어도 악마적 속성이라 할 만큼의 경박함 혹은 경쾌함을 지니고 있는 자라야만 한다. 하지만 그런 재능은 아주 젊은 세대만이 가진 특권이겠지……

선량한 비알이 절망에 빠져 길거리에 몸을 던진 소시민계급의 여자아이처럼 구는 건, 어쩌면 내게 잘 보이기 위해 내 책 속에 나오는 남자들을 흉내 내고 있는 게 아닐까? 삼백여 페이지의 책 속에서 나는 약간 비열하기조차 한 남자들이 가지는 특권을 노래했었지. 그와 함께 웃을 수도 있었을 것이다. 밤이 지나 아침이 오면서 피곤함이 사라져가는 것 같았다. 이제 곧 어둠도 사라지겠지. 문 사이로 찬바람이 들어왔고, 새벽의 찬 공기는 우리 둘의 육체로 인해 더워진 어제의 밤 공기와 좀처럼 뒤섞이지 못하는 듯했다. 현관의 타일 바닥은 마치 비 온 후에 그러하듯 반짝였고, 하늘을 배경으로 커다란 유칼리나무의 그림자가 조금씩 모습을 드러내고 있었다.

비알은 그저 모든 것을 가만히 기다리기만 했다. 하지만 그건 옳지 않다. 그것은 남자들이 흔히 사용하는 진부한 술책에 불과하다. 그것은 남자들에게 낯선 술수가 아니다. 오히려 그 반대이다. 비알은 내가 사랑했던 남자들 중 아주 오래 전에 잠깐 만났을 뿐인 그런 연인들의 부류에 속한다. 그는 낮에는 줄곧 약간 우울하다가 어둠이 내리기 시작하면 빛을 발하는, 그리고 젊은 농부들이나 한창나이의 노동자들처럼 사랑에 소질이 있고 사랑하는 데 능숙한 남자일 게다…… 맙소사,

내가 무슨 생각을……

비알이 재빨리 다가와 양모 담요를 내게 덮어주었다. 내가 추위에
몸을 떤 것도 아니었는데.

"이거면 돼요? 따뜻하죠? 이제 금방 날이 샐 거예요. 당신 집에서
당신과 단둘이 해돋이를 볼 수 있으리라고는 생각도 못했어요. 하지
만 잠시라도 이 상황에 대해 우쭐해하도록, 아니 행복을 느낄 수 있도
록 내버려둬주세요. 자신이 태어난 사회계층에 대해 환멸을 느끼는
보잘것없는 출신의 사람들이 그러하듯이, 나는 종종 잘난 체하면서
죄를 짓곤 하지요. 권태…… 그래요, 나는 태어날 때부터 권태를 느꼈
습니다. 전쟁 동료들은 내가 여자라면 무조건 진저리치고 평범한 연
애사건은 딱 질색해하는 것을 놀려댔지요…… 한 나라의 왕자라 할
지라도 나보다 더 권태롭지는 않을 거예요…… 웃기죠, 웃기지 않아
요?"

"아니." 나는 건성으로 대답했다.

"당신 알아요?" 그는 나직한 목소리로 말을 계속했다. "여기서만큼
내가 오래 머물러본 곳이 없어요. 당신이 내게 준 많은 것들 중에서
늘 변하지 않고 한결같은 당신으로 인해 독특한 분위기가 도는 하루
하루의 날들, 당신 주위에 감도는 매일매일의 그 매력만큼 소중한 것
은 없습니다. 당신이 사내아이처럼 행동하신다 해도, 억지로 사내처
럼 군다고 해도……"

나는 그의 말을 중단시키지 않았다. 새벽의 푸른빛이 그의 이마와
편편한 뺨을 은은히 비추었다. 서서히 지나가는 푸른빛 위로 오렌지
색 램프의 붉은 불빛이 겹쳐졌다. 울타리 안의 새 한 마리가 잠에서

깨어 길게 울음소리를 냈다. 생전 들어보지도 못한 낯선 소리여서, 마치 그 새가 나를 잠에서 깨우는 것 같은 느낌이었다. 소파에 깊숙이 앉아 있는 비알은 하얀 옷을 입었지만 여전히 밤에 속하는 듯 시커메 보였다. 날이 샘과 동시에, 과거에 존재했던 '또하나의 나'가 내 안에서 슬그머니 잠을 깨어 엉큼하게 다시 살아나는 것이 느껴졌다. 나는 그를 좀더 잘 살펴보기 위해 그것을 한껏 이용했다. 몸과 몸의 만남에 대해 열정적이고, 몸이 말하는 것을 사랑의 약속으로 해석하는 데 선수인 '또하나의 나'…… 매일매일 해수욕을 하면서 그의 벗은 몸을 보아왔기에 나는 그의 몸 윤곽들에 친숙해졌다. 이집트인 같은 어깨, 원통형의 단단한 목, 그리고 무엇보다도 온몸에 흐르는 윤기와 헝클어진 듯하고 신비로운 분위기…… 그런 몸을 가진 그는 쾌락을 기준으로 한 계급사회, 다시 말해서 동물적인 계급사회에서 우월한 계급에 속할 만하다…… 내게 시간이 얼마 남지 않았음을 느끼면서, 나는 자신의 모든 감각기관을 총동원하여 금지된 구경거리가 부여한 흥분을 음미하고 있었다. 어머니가 말했듯이 "기껏해야 지푸라기가 탈 뿐이니까……"

"전쟁터로부터 팔에 두 개의 상처만 입었다는 유리한 조건으로, 그러니까 말하자면 그렇게 무난한 상태로 돌아온 경우 사람들은 그저 오래오래 살고 일도 많이 할 수 있기만을 바라지요. 그런데 우리 아버지는……"

그에게는 무엇이 부족한 것일까? 그의 출생에는 어떤 비밀이 있는 것일까? 어떻게 생겨났고, 또 누구에 의해 어떻게 양육되었을까? 그는 내가 이제까지 알았던 남자들, 내가 마음대로 쥐고 흔들었으며 숨이 막힐 것 같은 시선을 주고받았던 그 어느 남자들과도 공통점이 없다.

"모든 것을 소망하고, 모든 것을 예견하고, 마음속으로 모든 것을 열망한다는 것은, 언젠가 당신에게 이렇게 내 이야기를 할 수 있는 날이 오리라는 것을 알지 못한 채 평범하게 살아야 했던 나 같은 청년에게는 커다란 불행이 아닐 수 없었습니다."

그래, 좋아. 하지만 그의 태도, 나에게 다가서려는 그의 노력, 그의 고통마저도 땅 속에서 씨앗이 겪는 고통, 꽃을 피워야 한다는 의무감에 시달리는 식물들의 고뇌와 비교될 수는 없었다. 내 존재가 얼마나 중요한지를 역설하면서 내 도움이 없다면 죽을 것만 같다고 맹세하던 남자들, 식물에게 적당한 기후가 필요하듯 그들에게 꼭 필요한 나의 존재가 없다면 결코 꽃을 피울 수 없을 거라고 맹세하던 남자들…… 나는 그들을 만났고, 또 그들과 헤어졌다. 그러나 이 남자에게는 이미 여러 번 꽃을 피운, 그리고 꽃이 지게 한 경험이 있겠지……

"나에게는 이제야 진정한 삶이 시작되었다는 게 스스로 놀랍기도 하고 또 한심하게 느껴지기도 하지만, 당신에게 그 사실을 말하는 것이 하나도 부끄럽진 않아요."

그래…… 하지만 당신의 삶이 "이제야 시작되지는" 않았어. 상대적인 얘기일 뿐이야. 순진한 척하면서 그렇게 말한대도, 난 속지 않아. 우리 같은 사람은 말이야, 최후의 값진 투쟁의 끝에 가서는 일반적으로 최악의 경우와 최선의 경우만을 상대하지. 당신은 최악도 최선도 아니라는 것을 알아채기란 그리 어려운 일이 아니거든. 나는 언젠가 시간이 흐르는 것이 아쉬워 한 시간 한 시간을 소중히 헤아리게 될 그런 날이 올 거라 믿어. 그런 미래에는 어쩌면 그 무엇과도 비교할 수 없는 미묘한 진실, 어떤 슬픔 같은 것에 이르게 될지도 모르지. 아니면 서로서로 자존심 때문에 실력 이상의 힘을 발휘하게 되는 일종의 결투 같은 것에 이를지도…… 비알, 당신은 자존심으로 나를 이겨야 하는 그런 운명보다는 좀더 편한 운명을 약속받은 남자야……

"이것 봐, 발레르 비알!"

높은 곳에 앉아 그에게 일격을 가하거나, 또는 구원의 손길을 뻗치거나…… 내 마음대로 선택할 수 있는 그런 위치로부터 아래로 내려오기 위해, 나는 큰 소리로 그를 불렀다.

"부인! 저 여기 있습니다. 부인, 제가 여기 있다는 그 사실이 가장 큰 죄악이지요."

그는 일어섰다. 지난밤을 샌 피로로 인해 몸이 좀 뻣뻣한 듯, 그는 사방으로 기지개를 켰다. 여름을 상징하듯 멋진 그의 갈색 피부는 까칠해 보였고, 수염은 피부를 뚫을 만큼 뻣뻣했으며 안색도 엉망이었다. 눈의 흰자위는 어제보다 탁해졌다. 아무런 치장도 안 한, 그리고 밤에 잠도 못 잔 내 꼴은 어땠을까?…… 지금에서야 그런 생각이 든다. 어제는 그런 생각조차 하지 못했다. 나는 이렇게든 저렇게든, 그러니까 이별로 끝나든 사랑으로 끝나든, 그저 그 밤이 끝나주기만을 기다렸다. 사랑에 빠져 있는 사람들은 아무리 긴 이야기도 길다고 느끼지 않는다. 그러나 왜곡된 사랑의 말들이 꿈틀거리는 이 어정쩡한 대화는 얼마나 길게 느껴지는지……

과일그릇에 담긴 채 잊혀 있던 복숭아가 새콤한 향기로 나를 자극했다. 복숭아 한 입을 깨무니, 그 동그랗고 맛있는 과일은 허기지고 목마른 나를 다시금 식욕이 주는 쾌락의 세계로 인도했다. 잠시 후면 우유를 덥히고 진한 커피를 끓이고 우물 깊은 곳에 보관해둔 버터를 꺼내오고, 그러고 나면 만사가 오케이일 것이다.

"이봐, 발레르 비알, 당신 때문에 내가 아까 무슨 이야긴가 하려다 그만 딴 이야기를 하고 말았어, 아까……"

나는 그에게 마지막까지 남아 있는 별 하나를 장난스럽게 가리켜 보였다. 빛을 잃고 창백해진 노란 별 하나를.

"그러니까 아까 말이야……"

"계속하시면 돼요, 부인. 아니면 다시 시작하시던가요. 저 아직 가지 않아요."

진정한 우정일까, 가장된 우정일까?…… 그의 다정한 목소리를 듣는 건 즐거웠지만 밤을 새느라 나는 너무 지쳐 있었다.

"비알, 당신이 다정한 사람이라고 생각해서 하는 얘기야. 다정한 사람이 존재한다면 말이지만……"

내가 덧붙인 말에 그는 곧바로 반응했다. 모든 연인들이 그렇듯, 그는 자기를 무시하는 것 같은 그 말에 기분이 상했던 모양이다. 그의 시선은 이미 나를 신뢰하고 있지 않았다.

"당신한테 말했듯이, 나는 지금 여기에서 한해 중 가장 아름다운 계절을 지내고 있어. 게다가 내 인생에서 가장 아름다운 시기이기도 하지…… 그것은 사실이야, 하지만 그렇게 된 건 겨우 얼마 전부터야…… 내 친구들이 그건 잘 알아……"

할 말이 없는 듯, 그는 아무 말도 하지 않았다.

"……그러니까 나도 최근의 내 상태에 대해 늘 자신이 있는 건 아니야. 확신은 서지 않아. 그래서 청소를 한다거나, 미친 듯 열심히 정

원일을 한다거나, 가구를 옮긴다거나 하는 일들을 갑자기 벌여놓고
는, 이것이 새로운 희열인가 아니면 지나간 흥분의 잔재인가 하고 스
스로에게 종종 묻곤 하지. 무슨 말인지 알겠어? 내 말 이해하겠어?"

그는 고개를 끄덕이며 그렇다고 답했지만, 그의 얼굴은 평소의 얼
굴이 아니었다. 하지만 그때는 그가 마음 아파할 수도 있을 거라곤 생
각조차 하지 못했다.

"생활방식을 바꾸고 다시 시작하는 것, 새로 태어나는 것은 내게 그
다지 힘든 일은 아니었어. 하지만 지금 원하는 건 그런 일이 아냐. 이
제는 내가 한 번도 해보지 못한 것을 시작하고 싶어. 알겠어, 비알? 열
여섯 살 이후 처음으로, 사랑이라는 것과 무관하게 살고 싶고, 사랑이
란 것과 무관하게 죽고 싶어. 그건 참 멋진 일이야…… 당신은 잘 몰
라. 당신에게는 아직 시간이 많으니까."

비알은 아무 말도 하지 않았고, 내가 하는 말을 하나도 이해하지 않
으려는 듯했다. 그렇다고 내 말을 적당히 가볍게 받아넘긴 것은 아니
었지만. 그는 퉁명스러웠고 막무가내였다. 피곤이 몰려와서, 바다로
부터 떠오르는 붉은빛의 아침해를 맞이할 수조차 없을 것 같았다. 그
러나 한편으로 나는 명예롭게―불현듯 떠오른 이 단어는 내게 매우
중요한 의미를 지닌다―이 밤을 끝내고 싶었다.

"이해해주겠지? 이제 삼십 년 동안 지겹도록 나를 괴롭혔던 그놈의
사랑 때문에 죽고 사는 것이 아니라, 슬프면 그냥 슬프고 기쁘면 그냥
기쁘고 그렇게 살려고 해. 요즘은 그래. 근사한 일이지. 너무 근사해.
하지만…… 근데 말이야, 산모들은 해산 후 처음으로 깊은 잠을 자다
가도 아이 울음소리에는 반사적으로 벌떡 깨곤 하거든…… 우습지,

아직도 사랑에 대해 반사적으로 행동하게 되나봐. 사랑을 거부했다는 것을 잊어버리고, 사랑을 마다하지 않거든, 비알. 어떤 때는 '아! 제발, 그가 아직도 거기 있었으면!' 하고 마음속으로 외치다가도, 또 어떤 때는 '아! 제발 이제 그만 그가 가버렸으면!' 하고 말하기도 하지."

"누구 말인가요?" 비알이 순진하게 물었다.

나는 웃음을 터뜨렸다. 그러고는 열어젖힌 셔츠 사이로 아침바람이 스쳐가는, 그리고 내 손도 닿을 수 있는 그의 멋진 가슴을 가볍게 쓰다듬었다. 나보다 더 늙어버린 내 손…… 하지만 그날 아침의 나는 아마도 그 손만큼이나 나이 들어 보였을 것이다.

"아무도 아니야, 비알, 아무도…… 이제 더이상 아무도…… 물론 난 죽지 않았고, 무감각하지도 않아. 내 마음은 여전히 상처받아…… 당신도 내 마음을 아프게 할 수 있을 거야. 하지만 당신은 그 정도로 만족할 남자는 아니지?"

가느다란 손가락의 긴 손이 내 손을 덥석 잡았다. 마치 동물들이 앞발로 먹이를 잡아채듯이 재빠른 동작으로.

"아니요, 그거면 돼요." 낮은 목소리로 그는 말했다.

순간적으로나마 수줍은 느낌이 들었다. 그렇게 말해준 비알이 고마웠다. 약간은 무례한 그 형식을, 명백하고도 직접적인 그 고백의 원인을 음미했다. 나는 가만히 손을 빼내고는 어깨를 으쓱했다. 어린아이를 꾸짖듯 그에게 창피를 주고 싶었다.

"오! 비알…… 당신 말대로 한다면, 우리의 결말은 어떻게 되겠어?"

"어떻게 되다니요? 아! 네…… 하지만 당신의 결말을 말하는 건가요, 내 결말을 말하는 건가요?" 그러고는 만족스러운 듯 이렇게 덧붙이는 것이었다.

"그래요, 솔직히 어떤 때는 당신의 죽음이 그렇게 기분 나쁘지 않을 지도 모른다는 생각을 해요."

그처럼 상투적인 소망에 나로서는 덧붙일 말이 없었다. 눈동자의 가벼운 떨림, 희미한 웃음은 비알이 열정에 빠진 남자로 행동하기를 완전히 포기하지는 않았음을 보여주고 있었다. 그리고 나는 지금 이 시간에 헝클어진 분위기의 이 청년이 우리 집 현관에서 나가는 것을 누구에게 들키면 어쩌나 하는 걱정이 조금씩 들기 시작했다. 서둘러 야 했다. 아침해가 우리를 덮치려 하고 있었고, 지붕 위에는 새벽 제 비들이 지저귀고 있었다. 지평선에 걸린 검붉은 보랏빛의 거대한 구 름만이 새벽빛이 솟아오르는 것을 방해하고 있었다. 해변길을 큰 소 리로 덜컹거리며 가는 저 짐수레는 분명 속이 빈 통을 실었을 것이다. 비알은 하루 사이에 더부룩하게 자란 수염과 밤샘의 피로로 인해 창 백해진 얼굴 위로 흰 윗도리의 깃을 올렸다. 그는 마치 눈 위에서 발 밑으로 찬 기운을 느낄 때처럼 한쪽 발을 들고 서 있다 다른 발로 바 꾸어 서곤 했다. 그러고 나서 한참 동안 바다와 내 집과 테라스에 있 는 두 개의 빈 의자를 바라보는 것이었다.

"자, 그럼…… 안녕히 계세요, 부인."

"안녕, 비알. 당신…… 점심때는 당신을 볼 수 없겠지?"

그는 내 말이 극도로 자기를 멀리하려는 조심스러운 태도 때문이 라고 생각했는지, 마음이 상한 것 같았다.

"아니요. 오늘뿐 아니라 내일도 안 올 겁니다. 무스티에르생트마리 에 가요. 그곳의 해변에서 또 약 이백 킬로 떨어진 작은 마을로 가야 해요. 파리의 가게에 필요한 프로방스 담요들도 사고…… 부탁받은 바라주* 접시들도 사고……"

"그렇구나. 하지만 '영원한 이별'은 아닌 거지? 우리 또 보는 거지, 비알?"

"가능한 한 빨리요, 부인."

그는 짧은 말로 제법 멋지게 대답해낸 데 만족해하는 것 같았다. 그렇게 그는 떠났다. 마른 땅의 희뿌연 먼지 속에서 그의 작은 자동차에 소리없이 시동이 걸렸다. 그제야 고양이가 요정처럼 다시 나타났고, 나는 디빈을 기다리지도 않고 부엌으로 가서 불을 켰다. 오로지 새콤한 아로마 향이 풍기는 아주 뜨거운 물에 몸을 담그고 싶은 생각밖에 없었다. 파리에서의 컴컴한 겨울아침에 일어나자마자 물 속으로 피신하곤 했던 때와 같은, 바로 그런 목욕을 하고 싶었다.

---

* 프로방스 지방의 소도시. 17세기 말경부터 도자기 산업이 발달하였다.

8

우리들, 해변에 흩어져 사는 이 지역 주민들은 즉석 만찬 모임을 좋아한다. 한두 시간을 함께 보낼 수 있으면서, 또한 오후의 모임은 물론 다섯시의 간식시간도 허락하지 않는 우리 각자의 비밀스러운 삶이 방해받지 않기 때문이다. 미리미리 계획하기보다, 만장일치로 어떤 변덕이 발동하여 만들어지는 관계를 지향하는 것이 바로 이 계절에 여기 모인 사람들의 관습이다. 일주일 후의 초대에 곧바로 응하기란 부담스러운 일이다. "글쎄, 시간이 될지 모르겠어…… 바로 그날 지누란 놈이 우리를 세인느로 데려간다고 했거든……" 혹은 할 일이 많다거나, 아니면 "바로 그날" 숲으로 사냥을 가기로 했다거나……

보통 아무 예고도 없이 누군가가 말을 꺼낸다. 그러한 우연은, 짧은 시간이나마 함께 저녁도 먹으면서 친교하고 싶은 우리의 소망을 드러낸 것이리라. 그랑 데데일 수도, 피리처럼 가느다란 도르니의 코맹맹이 소리일 수도, "아, 심심해……" 하며 한숨 쉬는 다라네스*의 습관적인 하품일 수도 있다. 또한 둥근 시계탑에서 맥주 한잔할 시간임을 알리는 일곱시 종소리도 울려야 하고, 용솟음치는 파도 한가운데에서 춤추는 저녁노을의 불꽃이 스공작의 마법사 같은 푸른 눈 속에서 빛을 발해야만 하며, 공기가 서늘해졌음에도 여전히 뜨거운 방파제의 장밋빛 표면에서 희미하게나마 빵냄새가 피어올라야 한다. 어디선가 나른한 목소리가 들려온다.

"리옹 댁 가게에는 먹을 것이 뭐가 있을까?"

아무도 움직이지 않지만, 놀랄 만큼 명쾌하게 답이 들려온다.

"별거 없어. 토마토와 이 고장 햄밖에는."

"우리 집에는 소시지하고 맛있는 고르곤졸라 치즈가 있는데……" 바이올리니스트인 주르당모랑주**가 부드러운 목소리로 나지막이 말한다. "하지만 그걸로는 모두가 먹기엔 모자랄걸……"

"난 그라탱식 양파 수프를 끓일 수 있어, 별건 아니지만." 테레즈 도르니인지 쉬잔 빌뵈프***인지가 큰 소리로 말한다.

그때 스공작이 일어나더니 오래된 펠트 모자를 정중하게 벗고 이 지방 사투리를 섞어가며 이렇게 말한다.

"친애하는 신사 숙녀 여러분, 우리 집까지 왕림해주시겠습니까? 일개 농부에 지나지 않고 가진 것도 별로 없는 시골뜨기이지만, 제게는

---

* 화가, 데생화가, 판화가.
** 바이올리니스트. 모로의 애인이었고 이후 부인이 되었다.
*** 삽화가, 풍경화가. 앙드레 빌뵈프의 부인이었다.

여러분 모두를 위한 이 마음이 있답니다."

그가 잘하는 흉내내기 놀이도 재미있지만, 끈 달린 밀짚 샌들을 신고 소리도 없이 달려가는 것 역시 그 못지않게 즐겁다. 뿐만 아니라 이 고장에서 만든 햄, 토마토, 복숭아, 치즈, 아몬드 크림 케이크, 막대 모양의 소시지, 훔쳐낸 아이처럼 품에 꼭 끌어안은 기다란 빵, 보자기로 싼 뜨거운 수프 그릇, 이런 것들을 자동차 두세 대에 싣고 언덕 골짜기길로 달리는 것 역시 여간 즐거운 일이 아니다. 이런 훈련은 우리에게 아주 익숙한 일이다. 이십 분 후면 차양 밑에 식탁이 차려지고, 우리는 파티를 한다. 높은 나뭇가지에 매달린 달빛은 볼록한 목련꽃잎 위로 푸른 빛을 발하며 유유히 흐른다.

어제 저녁 우리는 그렇게 언덕 위에서 저녁식사를 했다. 저 밑으로 해안의 오목한 곳에는 우윳빛의 맑은 물이 보였다. 멀리 보이는 항구의 불빛은 움직이지 않았지만 물 위에 반사된 빛은 흔들리고 있었다. 우리 머리 위의 두 등불 사이로, 싱그럽게 익어가는 포도송이가 흔들거렸다. 누군가가 노란 포도 한 알을 땄다.

"올해 수확은 좀 이르겠지만, 양이 많지는 않겠어."

"우리 소작인 말로는 그래도 천 리터는 될 거라는군." 스공작이 우쭐하며 단언하고는 내게 물었다. "당신네는 어때요, 콜레트?"

"평소 경작의 삼분의 일밖에 안 될 것 같아. 비도 별로 안 왔고 포도나무들도 오래되어서. 천팔백에서 이천 정도?"

"이천 뭐요?"

"리터, 하지만 그중 반만 내 거지."

"세상에! 장사해도 되겠어요!"

"천 리터!" 쉬잔 빌뵈프는 압도당한 듯 한숨까지 내쉬는 것이었다. 마치 그걸 한꺼번에 마셔야 하는 벌이라도 받은 듯이.

그녀는 이태리 원단의 검은 바탕에 꽃무늬가 있는 원피스를 입고 있었다. 그 옷은 옛날 프로방스 민속의상 스타일로 그녀가 직접 만든 것이었는데, 왠지는 모르겠지만 마치 그녀가 집시로 변장한 것 같은 느낌을 주었다.

유칼립투스 나무와 무르익은 복숭아의 향기가 난다. 까치밥나무에 앉아 있던 누에나방과 멋진 무늬의 나비들이 전기반사경 불빛에 타면서 타다닥 소리를 낸다. 엘렌은 인내심을 가지고 피클 집는 포크 끝으로 타지 않은 나방들을 차근차근 건져내더니, 고양이에게 주었다. 마치 고양이에게 연민을 느끼는 것처럼.

"아! 별똥별이다……"

"생라파엘 위로 떨어졌네……"

먹을 것도 다 먹었고, 더이상 할 말도 없었다. 가운데가 볼록하고 푸른색이 도는 커다랗고 평범한 포도주 병은 식탁 위를 느릿느릿 오가면서, 오래되지는 않았지만 질 좋고 뒷맛에 나무향이 나며 말벌들이 꼬일 만큼 냄새 짙은 카발레르 포도주를 계속해서 우리들 잔에 채우고 있었다. 규칙적으로 바닷물이 들어오고 나가듯이, 우리의 대화도 이제 서서히 고갈되어가고 있었다. 한낮의 태양빛에 지친 화가들은 거의 무기력 상태에 있었지만, 오후 내내 규방의 평화 속에서 휴식을 취한 부인들은 바다를 향해 눈을 크게 뜨고는 나지막이 콧노래를 부르는 것이었다. 그들 중 하나가 감히 말했다.

"아무리 그래도, 아직 아홉시 사십오분밖에 안 되었잖아."

"왈츠를 추세요, 아름다운 여인들이여!" 누군가가 슬며시 소프라노로 노래하다가 곧바로 멈추었다.

"카르코가 있으면 좋으련만……" 다른 누군가가 말했다.

"카르코는 춤 못 춰. 우리에게 필요한 건 비알이야."

그 말에 순간 침묵이 흘렀고, 뤽알베르 모로는 내가 상처입을까봐 신경 쓰면서 일부러 큰 소리로 말했다.

"맞아, 맞아. 비알이 있어야 해. 하지만 그가 없으니까…… 그래, 그 친구는 지금 여기 없어. 그뿐이야."

"그는 지금 면 제품과 염가판매할 가재도구들 진열을 준비하고 있어요." '재미있는 가게'를 하나 차려보겠다고 조사하러 다니면서, 비알의 파리 가게를 은근히 탐내고 있는 테레즈가 거만하게 말했다.

"그는 지금 베종에 있어요. 아비뇽 지나서요." 엘렌 클레망이 말했다. 내 친구들은 나무라는 듯 엄한 시선으로 그녀를 바라보았다.

그녀는 눈을 내리깔고, 무릎 위에 앉은 고양이에게 불에 그을린 나방을 먹이고 있었다. 먹이를 받아먹는 고양이는 마치 붕장어같이 보였다.

"저러다 고양이 죽이겠어요." 복수하려는 듯 모랑주가 그녀를 나무랐다. "그렇지 않아요, 콜레트?"

"아니, 왜? 영양가도 많고 또 익힌 건데 뭐. 물론 고양이 주려고 일부러 나방을 태우지는 않지. 하지만 누에나방들이 전등 속으로 뛰어들어가는 것을 막을 수는 없잖아."

"여자들이 춤추러 가는 것도 못 막죠!" 키가 큰 풍경화가가 일어나면서 한숨을 쉬었다. "자 좋아, '파스테키'* 클럽으로 가서 한판 돕시다. 하지만 너무 늦지 않깁니다. 알죠?"

젊은 여인 하나가 "좋아요!" 하고 소리질렀다. 암말이 히힝거릴 때처럼 높다란 소리였다. 등대불빛은 은빛나는 포도 그루와 길거리의 개, 그리고 겁에 질린 듯 창백해진 장미나무를 차례로 비추어대면서 포도밭 위를 뱅뱅 돌았다. 꼼짝 않는 고물 자동차 앞에 꿇어앉아 애쓰고 있는 뢱알베르 앞을 지나치면서, 테레즈 도르니는 한마디 툭 던졌다.

"오늘 저녁엔 당신 자동차가 먹통인가봐?"** 우리의 웃음소리는 어둠 속에 멈추어 서 있는 자동차들에 실려 해안까지 퍼졌다.

우리가 바다에 가까워질수록 별들은 점점 더 많이 보였다. 소매 없는 옷을 입은 엘렌이 내 팔짱을 끼는 것이 느껴졌다. 나도 민소매 옷을 입었던 것이다. 비알이 떠난 이후 나는 바닷가에서, 서점에서, 시장에서, 혹은 시원한 것을 마실 때 잠깐씩 그녀를 보았을 뿐이다. 단둘이 만난 적은 없었다. 처음 며칠 동안 그녀는 내게 무척 친절했고 공손했다. 그녀의 태도는 마치 "그래서요? 그래서요? 무얼 하고 지내셨나요? 새로운 소식이라도 있나요?" 하고 묻는 것 같았다. 하지만 나는 아무 대답도 하지 않았다. 결국 그녀는 내게 질문하는 걸 포기하고 다른 생각을 하는 것 같았다. 하지만 내가 어떻게 그녀의 마음을 알

---

* 방파제에 위치한 이 클럽의 실제 이름은 '등대의 큰 카페'이며, 주인은 플로나라는 사람이었지만 작가는 언어유희를 통해 주인 이름을 파스테키로 변형시켰다. 파스테키는 아니스 향이 들어간 아페리티프 술인 파스티스를 마시는 사람을 지칭하는 말로, 프로방스 지방에서 주로 사용된다.
** 원문에서는 "당신의 미루스에 공기가 잘 통하지 않아요?"라고 되어 있다. 미루스는 난로의 상표 이름이며, 테레즈 도르니는 자동차가 굴러가지 않는다는 것에 대한 은유적 표현으로 이 말을 사용하고 있다.

수 있단 말인가? 그녀의 맨팔이 어둠 속에서 더 세게 나의 팔을 조여
왔다.

"콜레트 부인," 그녀가 속삭이듯 말했다. "그거요, 저도 우편엽서를
통해 알았을 뿐이에요."

"뭐를 말하는 거지?"

"게다가 우리 엄마가 보낸 엽서예요. 엄마는 지금 아빠하고 같이 베
종의 클레망 할머니 집에 가 계시거든요." 그녀는 내 질문에는 대답
도 않고 말을 이었다. "우리 가족과 그의 가족은 서로 아는 사이예요.
그런데 아까는 제가 그 이야기를 할 필요가 없었다는 생각이 들어서
요…… 그게 나았을 것 같아요…… 하지만 그 문제에 대해 저녁식사
전에 당신과 의논할 수가 없었어요."

나는 팔짱을 낀 그녀의 팔에 힘을 주었다. 그녀의 팔은 저녁공기처
럼 서늘했다.

"잘했어."

어떻게 하는 게 나은 일이고 어떻게 하는 게 못한 일인지 그렇게
잘 판단할 줄 아는 그녀가 대단하다는 생각이 들었다. 수많은 계획이
담겨 있는 그녀의 얼굴, 선창가를 향한 채 새로 도착하는 사람들을 열
심히 바라보는 그녀의 얼굴을 나는 경탄에 찬 눈으로 바라보았다.

밤이 깊어지자 바다에서는 찰랑거리는 소리와 더불어, 정박되어 있
는 배 밑창들 사이로 무엇이든 삼켜버릴 듯 철썩거리는 소리만 들렸
다. 거대한 바다는 하늘을 향해 우뚝 선 낮고 컴컴한 벽으로밖에 보이
지 않았다. 푸른색과 금색의 요란한 빛도 사라지고, 방파제의 불빛밖
에 남지 않았다. 상점이라고는 두 개의 카페와 어두컴컴한 작은 잡화

점 하나뿐이었다. 밤에 보니 우리가 있는 이곳이 참으로 작은 항구라는 것을 알 수 있었다. 우리가 지나갈 때, 외국 요트 하나가 부두 가까이의 아주 좋은 자리를 차지하고 있었다. 그 배는 염치없게도 선체와 전깃불과 다른 배와의 사이를 연결하는 나무다리, 그리고 그 속에 있는 사람들을 모두 드러내놓고 있었다. 웃통을 벗은 채 저녁식사 중인 남자들, 진주장식이 달린 야한 옷을 입은 여자들, 그리고 순결해 보일 만큼 깨끗한 옷차림으로 시중드는 사람들도 보였다. 우리는 잠시 걸음을 멈추고 바다가 날라온 그 근사한 방주를 바라보았다. 그 사람들이 뱃전으로 과일 껍질과 읽고 난 신문 조각들을 버려 바다를 오염시키고 나면, 바다는 다시 그들을 싣고 갈 것이다.

"어이, 이것 봐, 담배 하나 주지!" 슬리퍼를 질질 끌고 가던 소년 하나가 소리쳤다.

요트 안을 지나가던 승객 하나가 고개를 돌렸다. 그는 구름다리 위에 진 치고 있는 그 아이를 아래위로 훑어보았지만, 아무 대답도 하지 않았다.

"어이, 이것 봐, 당신들 베드신은 몇시에 시작되지? 너무 늦으면 그때까지 기다릴 수는 없을 것 같아서 말이지……"

우리의 웃음소리를 뒤로 하고 소년은 멀리 도망갔다.

그곳에서 백 미터 떨어진 방파제의 옆구리에, 파스테키는 마실 것도 파는 무도장을 경영하고 있다. 바람도 불지 않는 좋은 장소이다. 바닷물을 가두고 있는 방파제도 보이고, 색색의 작은 범선들도, 납작한 바닥에 세워진 나지막한 집들도, 라일락과 장미꽃도 보이는 그곳은 참 근사하다. 지치고 게을러 보이는, 하지만 별로 쉬지도 못하는 것 같은 키 작은 남자 하나가 직사각형 모양에 장식 하나 없는 홀을 지키고 있었다. 그는 마치 그 방의 모든 장식을 다 떼어버리는 임무를 맡은 사람처럼 보였다. 벽에는 그 흔한 꽃장식 하나 없고, 카운터 옆 구석에도 꽃다발 하나 없다. 새로 칠을 하지도 않았고, 전등불을 레이스 같은 예쁜 종이로 덮지도 않았다. 마치 가난한 사람들의 장례식이 거행되는 교회에서처럼, 영구대 위에는 호사스러운 꽃다발과 쓸데없는 사치품들이 쌓여 있다. 내가 '영구대'라 부른 것은 다름아니라 오래되고, 빛바랜 연미복처럼 거무스름한 자동피아노이다. 그러나 그 피아노의 모든 면에는 물의 도시 베네치아나 알프스 산맥의 티롤 지방, 달빛 아래의 호수, 에스파냐 안달루시아 지방의 도시 카디스 등을 그린 풍경화는 물론, 등나무나 푸른 리본 같은 것들이 사실적으로 그려져 있었다. 그 피아노는 구리로 된 가느다란 구멍을 통해 이십 상팀 동전을 집어삼키고는 그 대가로 쇳소리나는 폴카 곡을, 혹은 회색빛 양철 소리를 내는 자바 곡을 토해낸다. 음악들이 침묵을 깬다. 한심하기 짝이 없고, 춤추는 사람들이 없다면 아마도 장송곡처럼 들릴 음악이다. 음악이 나오기 시작하면 사람들은 부지런히 동전을 집어넣고 유리잔들을 부딪치며 머리손질에 여념이 없다. 한 쌍, 두 쌍, 마침내 여러 쌍이 홀로 나와 음악에 맞추어 춤을 춘다. 마섬유로 만든 신발 밑창이 끌리는 소리도 들리고, 맨발이 스치는 부드러운 소리도 들린다.

나는 '춤추는 사람들'이라고 쓰지, '춤추는 여자들'이라고 쓰진 않는다. 여자들은 극소수이기 때문이다. 예쁘고, 대담하고, 목의 털을 밀어낸 처녀아이들은 관광객들로부터 새까맣게 그을린 종아리를 내놓는 멋을, 비길 데 없이 근사하게 머플러 매는 법을 배운다. 그리고 저녁에 '이방인' 여자가 밀짚 샌들을 신고 무도회장에 나타나면, 맨발로 있던 그 동네 처녀들은 얼른 반짝거리는 구두를 신는다.

우리는 금이 간 대리석 주위에 놓인 삐걱거리는 나무 의자들 위에 끼어 앉았다. 그나마 우리 모두가 앉기 위해서는 공장 노동자 두 사람과 선원 두 사람이 손에 아니스 술잔을 들고 거대한 몸을 비켜가면서 자리를 내주어야만 했다. 엘렌 클레망은 어깨와 엉덩이와 긴 다리를 고정시킨 채, 마치 통나무처럼 아무 수작도 걸지 않는 점잖은 선원 한 사람과 춤을 추었다. 그녀는 마치 아무도 없는 길모퉁이에서 말없이 꼼짝 않고 손만 흔드는 낯선 사람과 가까이 마주한 적이 한 번도 없는 처녀아이처럼 편안하게 행동했다. 어떤 사람들은 그녀의 그런 태도를 보면서 그녀가 너무 경솔하다고 말하기도 한다. 그러나 그건 오히려 그녀가 너무 순진하기 때문이다. 그녀는 자리에 돌아오자마자 곧바로 푸른 제복을 입은 선원의 손에 이끌려 다시 왈츠를 추러 나갔다. 그는 이 동네 다른 청년들과 마찬가지로, 말 한마디 없이 파트너를 꼭 끌어 안고 아무런 특징 없이 무표정한 얼굴을 치켜든 채 춤을 추었다.

그 어색한 커플 주위로, 형편없는 불빛 아래 많은 사람들이 춤을 추며 돌아가고 있었다. 이 해안의 단골손님들인 머리끝에서 발끝까지 온통 붉은색으로 치장한 부부인지 남매인지 모를 스웨덴 사람들, 최소한으로만 몸을 움직이는 덩치 큰 체코 사람들, 그 나라 여자들답지 않게 마르고 검은 피부에 민망할 정도로 노출이 심한 옷을 입은 두세 명의 독일 여자들이 있었다. 그와 비슷한 수의 청소년들이 춤을 추며 어두운 홀에 그림자를 드리우고 있었다. 검은색의 얇은 니트를 목에 두르고 러닝셔츠를 입지 않은 청소년들, 밤처럼 검푸른 선원들, 붉은 청동으로 된 크고 가벼운 범선의 하역인부들, 그들은 무도장의 영웅들이었다. 그 아이들은 그들을 보러 멀리서부터 온 사람들의 불순한 시선을 의식하면서 자기들끼리 왈츠를 추었다. 쌍둥이처럼 키도, 민첩한 발도, 웃는 모습도 비슷한 두 청년은 여름 내내 "파리 년"들과는 절대로 춤을 추지 않았다. 그들은 우리 테이블 근처로 쉬러 와서, 그들을 찬미해 마지않는 데데로부터 청량음료 한 병을 받아마셨다. 그러고는 우리의 질문에 이렇게 대답하는 것이었다. "우리는 우리끼리 춤춰요. 여자들은 춤을 잘 못 추거든요." 그렇게 말하고 그들은 다시 홀로 나가 팔을 잡고 무릎을 뒤섞으며 춤을 추었다.

근처의 해변으로부터 차를 타고 온 갈색머리 여자도 있었다. 열정적으로 생긴 그녀는 노란 숄을 두르고 있었는데, 여자의 허리를 끌어안기는 했지만 그녀를 쳐다보지도 않는 듯한 시큰둥한 노동자의 팔에 안긴 채 그의 배를 툭툭 치고 있었다. 찢어진 회색 플란넬 셔츠를 입은 매혹적으로 생긴 흑인 하나가, 마르고 무표정하며 귀밑까지 올라오는 붉은 머플러를 목에 꽉 매고 있어 더욱 하얗게 보이는 다른 청년과 꼭 붙어 지나가면서 우리에게 도전적인 시선을 던졌다. 어깨가 무척 넓은 반면 허리는 양말대님 안으로 들어갈 수 있을 만큼 가늘어 망치처럼 보이는 흑백혼혈의 어떤 남자는, 필시 잠이 든 것 같은 어린아이를 가슴에 안고 있었다. 머리가 흔들거리고 팔은 덜렁거리는 채로……

동전 소리, 그릇들 소리, 그리고 자동피아노의 건반이 움직이는 소리밖에 들리지 않았다. 사람들이 방파제의 무도장에 오는 건 이야기를 하기 위해서도, 취할 만큼 술을 마시기 위해서도 아니다. 춤을 추러 오는 것이다.

열린 창문을 통해, 항구의 바닷물 위에 떠 있는 멜론 껍질 냄새가 풍겨온다. 탱고 한 곡이 끝나고 또다른 탱고곡이 나오는 사이로 들려오는 파도 소리는, 멀리서 밀려오는 거대한 파도가 우리로부터 멀지 않은 곳에서 부서지고 있음을 알려주었다.

나와 동행한 여자친구들은 남자들끼리 춤추는 모습을 바라보고 있었다. 그녀들이 그들에 대해 보이는 극도의 관심에서, 의혹과 더불어 알 수 없는 그 무엇에 대한 일종의 호기심을 읽을 수 있었다. 데데는 푸른색 눈을 가늘게 뜨고는 고개를 옆으로 기울인 채, 즐거운 듯 조용히 그들의 춤을 감상하다가 가끔씩 이렇게 말하곤 했다.

"멋지다…… 멋져…… 무진장 퇴폐적이지만 멋지긴 멋져…… 다음 여름에도 그들은 춤을 출 거야. '파리 카지노' 사장인 볼테라가 그들이 춤추는 것을 보러 올 테니까……"

이번에는 작은 집시처럼 보이는 빌뵈프가 꽃불마냥 뱅글뱅글 돌았다. 우리는 그녀가 뺑뺑 도는 것을 보기만 해도 어지러워서, 게다가 형편없는 조명이 여간 거슬리는 것이 아니어서 아무 말 없이 앉아 있었다. 연기들은 사람들의 춤으로 인해 생긴 바람에 날려 천장으로 올라붙었다가, 잠시라도 춤이 멈추게 되면 밑으로 내려오는 것이었다. 귀를 꽝꽝 울리는 음악 소리, 따르자마자 금방 미지근해져버리는 그해에 담은 백포도주, 온갖 냄새와 뒤섞여 더 후덥지근하게 느껴지는 열기, 이 모든 것들을 아무 생각 없이 그대로 받아들이며 그런 나 자신을 대견스럽게 여겼던 일이 기억난다. 진하게 풍겨오던 담배냄새가 신선한 페퍼민트 냄새에 밀려났다. 그러고 나서 이번에는 소금물에 젖은 옷들의 고약한 냄새가 그 페퍼민트 냄새를 지워버리는 것이었다. 꼭 끼는 민소매 윗옷을 입고 상반신이 구릿빛으로 그을린 한 남자가 백단 부스러기 향내를 풍기고 지나가는가 하면, 지하 포도주 창고의 열린 문 사이로는 모래 위에 방울방울 떨어진 포도주의 향기가 올라오곤 했다. 한 친구의 튼튼한 어깨에 몸을 기대고 있다가 이 모든 것들에 싫증이 나버린 나는 벌떡 일어나서 비좁은 나의 왕국으로, 불안해하고 있을 고양이들과 포도밭과 검붉은 열매가 달린 뽕나무들에게로 못 견디게 돌아가고 싶어질 만큼, 그리고 그럴 만한 용기가 생길 만큼 그날 저녁의 모든 것들이 지겨워지기만을 기다렸다. 나는 오직 그 순간만을 기다렸다. 일 분만 더 참자, 그러고서 일어나서 가버리는 거다. 그 순간만을 기다렸다. 정말로……

"오늘 저녁에 비알이 있었어야 해." 계피색으로 탄 어느 젊은 여자가 말했다.

"엘렌, 나 집에 좀 데려다줘." 나는 일어나면서 말했다. "알다시피 난 밤에는 운전 못 하잖아."

그날 저녁, 우리가 잘 아는 돌멩이들과 구덩이들을 피해가면서 그녀가 아주 조심스럽게 운전했던 것이 기억난다. 그리고 집에 도착한 후, 내가 화단 사이로 걸어갈 때 길이 잘 보이도록 전조등을 집 방향으로 비추어주었던 것도 기억난다. 돌아오는 차 안에서 그녀는 무도장에 대해서, 날씨에 대해서, 지방 도로망에 대해서 이야기했는데, 하도 조심스럽고 절제되고 상냥한 말투였기 때문에 그녀가 갑자기 흥분해서 소리쳤을 때 나는 깜짝 놀라지 않을 수 없었다.

"세상에, 여기 이 두 개나 되는 구멍들을 내버려둔 지 삼 년이나 되지 않았나요?"

문득 나는 그녀에게 이렇게 말하고 싶어졌다.

"고맙지만 그만둬, 엘렌, 오늘 저녁에는 흡각* 치료 안 해도 돼. 물약 처방도 필요 없고."

하지만 그녀는 너무도 열심히 나를 돌보고 싶어하는 것 같았다. 마치 통증이 없는 타박상을, 나 자신도 느끼지 못하는 출혈을 그녀는 감지할 수 있는 것처럼. 이제는 나이가 든 벨기에산 암캐를 땅에 내려놓는 동안, 그녀는 먼저 달려가서 자물쇠가 잠겨 있지 않은 울타리 문을 열어주었다. 난 그저 사례를 표하기 위해 말했다.

"오늘 저녁 당신 정말 근사했어, 엘렌, 지난달보다도 훨씬 더."

그녀는 자랑스러운 듯 전조등 앞에 꼿꼿하게 서서 말했다.

"그래요? 정말 그런 것 같아요, 콜레트 부인. 아직 멀었어요. 이제 시작일 뿐인걸요. 제 생각엔……"

그녀는 하얀 전조등 불빛 한가운데에서 마치 전투에 나가는 대천사처럼 손가락을 들고 알 수 없는 표정을 짓더니, 비알의 주사위 모양 집을 향해 고개를 돌렸다.

"아, 그래?" 나는 모호하게 대답하고 나서 서둘러 화단 사이의 작은 길로 걸어갔다. 나의 보금자리, 동물들의 환영, 서늘한 시트, 조용한 나의 은신처…… 이 외의 그 모든 것들에 대해 일종의 반감을 느끼면서. 하지만 엘렌이 달려와 내 팔을 잡았고, 그러자 우리 앞에 보이는

---

* 피부에 접착시켜 피를 빨아들이는 도구.

것이라고는 땅 위를 기어가다가 집 앞의 바닥에서 부서져버리고는 다시 수직으로 일어나 요란한 몸짓으로 지붕으로 기어오르는 검은 잉크빛의 거대한 두 그림자뿐이었다.

"부인, 정말 이해가 안 돼요. 정말 바보 같아요. 하지만 이유는 없어도 뭐랄까…… 일종의 예감이랄까, 커다란 희망이랄까…… 부인, 저는 당신을 무척 좋아하고 또 존경해요. 아세요?…… 부인, 당신은 모든 걸 다 이해하시거든요……" 그녀의 긴 그림자가 나의 짧은 그림자를 어색하게 끌어안았다. 그 어색한 포옹은 금방 끝이 났고, 그러고 나서 그녀는 막 뛰어갔다.

9

나는 방금 너희 아빠 서랍에 있던 서류들을 정리했단다. 내가 수술받은 후 병원에서 썼던 편지도, 또 내가 편지 쓸 수 없을 때 네가 대신 보내주었던 전보들도 다 보관되어 있더구나. 네 아버지는 그것들을 하나도 안 버렸어. 어찌나 감격스럽던지! 아빠가 그걸 다 보관하는 게 당연하지 않느냐고 너는 말할지도 모르지. 하지만 그게 그리 쉬운 일은 아니란다. 언젠가 너도 알게 될 게다…… 그이가 죽기 전, 내가 널 보러 두세 번 파리에 갔던 적이 있었지. 길게 머물지도 않았건만, 내가 돌아왔을 때 네 아빠가 얼마나 초췌해져 있었는지 아니? 거의 먹지도 않아 볼은 푹 꺼지고…… 아! 철없는 사람 같으니! 네 아빠가 나를 그토록 사랑한 것은 참으로 유감스러운 일이야. 나에 대한 사랑 때문에 그이의 모든 재능이 하나하나 다 죽어버렸어. 문학이나 과학 분야에서 이름을 날릴 수도 있었을 텐데. 아빠는 나만을 생각하고 나만을 걱정하는 길을 택했던 거야. 난 바로 그 점을 용서할 수 없구나. 아, 얼마나 깊고도 경박한 사랑인가! 하지만 나로서는, 그렇게 다정했던 친구를 잃은 슬픔을 어떻게 위로받을 수 있을지……

두 시간 전부터 가랑비가 내리고 있다. 조금 있으면 그칠 것이다. 벌써 하늘의 움직임들이 서로 다투어가며 오후가 끝나감을 알리고 있다. 무지개는 바다를 가로질러가다가 중간에 먹구름떼에 부딪혀 끊어졌지만, 활처럼 휜 나머지 부분은 여전히 멋지게 남아 있다. 무지개의 일곱 색깔들은 한꺼번에 서서히 사라져간다. 무지개 앞에서, 각양각색의 햇무리에 에워싸인 태양이 바다를 향해 내려가고 있다. 한낮에는 하얀빛을 발하던 달이 점점 커져서는 가벼워진 구름들 사이에 떠 있다. 올 들어 처음 내린 여름비이다. 수확에는 어떤 영향을 미칠까? 아무런 영향도 주지 않을 것이다. 포도는 이미 다 익었으니까. 새벽에 딴 포도는 차고 구슬처럼 탱글탱글하다. 입에 넣고 깨물면 단물이 뿜어져나오는 그 포도송이……

빗발이 줄어든 소나기의 물기가 소나무에 새어든다. 소나무 향기에도 불구하고, 물기에 젖은 오렌지나무에도 불구하고, 바닷가에서 모락모락 김을 내는 유황질의 해초에도 불구하고, 하늘에서 내리는 비는 프로방스에 안개와 작은 숲과 구월과 파리 지역의 풍취를 한껏 부여한다. 내 창가에서 안개 낀 수평선이 보이는 일은 참 드문데! 풍경들이 흔들린다. 마치 솟구치는 눈물 사이로 바라보는 것 같다. 이 모든 것들은 새로움이요, 감미로운 위반이다. 글을 쓰는 나의 손놀림까지도. 아주 오래 전부터 나는 저녁에만 글을 써왔는데…… 하지만 내나름의 방식으로 비를 축하해야 했다. 게다가 이번주에는 평상시 내가 싫어하던 일에만 흥미를 느낀다.

　소나기는 멀리 지나갔다. 내 집의 모든 손님들은 고약한 날씨가 끝난 것을 안도하면서 즐거워한다. "휴!" "다행이다!" "세상에! 죽을 뻔했네!" 활기찬 감사의 말들이 부엌으로부터 날아온다. 물구덩이 곁에서, 암고양이는 움푹한 작은 발로 물방울을 움켜잡고는 그 물방울이 넘쳐흐르는 모양을 바라본다. 아마도 여자아이들은 목걸이를 가지고 저렇게 놀리라…… 그러나 비가 무엇인지조차 잊어버린 수고양이는, 아직까지도 비가 왔다는 것을 모르고 있다. 그놈은 현관에 앉아 한참 동안 비를 바라보다가 온몸을 부르르 떠는 것이었다. 막연한 미소가 그의 순진하고 어리숙한 얼굴에 스쳐지나간다. 만일 비가 계속 내렸다면 그놈은 아마도 잘난 척하면서 "알았다, 기억난다, 비가 오는 거야!" 하고 소리쳤을 것이다. 수고양이의 딸인, 몸이 유연한 말괄량이도 있다. 그놈이 육 주밖에 안 되었을 때를 기억하면서 우리가 여전히 '꼬마'라고 부르는 그 고양이는, 비가 오건 해가 뜨건 사냥을 한다. 그놈은 살생 전문이라 별로 붙임성이 없다. 그의 고귀한 혈통이 허락하는 것 이상으로 밝은 털 색깔은, 슬레이트 지붕 위에 살짝 언 하얀 얼음에 비교될 만하다. 새들의 역한 피냄새, 짓이겨진 풀냄새, 후덥지근한 헛간 냄새가 항상 그를 따라다닌다. 꼬마의 엄마조차 그놈이 다가오면 멀리 피한다. 마치 여우를 대하듯이.

　한 일주일만 펜을 놓고 있어도 내 손은 글 쓰는 방법을 잊어버린다. 여드레 내지 열흘 전부터, 정확히 말해 비알이 떠난 이후로, 할 일이 많았다. 아니, 할 일이 많았다기보다는 내가 일을 많이 했다고 쓰는 편이 더 정확하리라. 겨울 동안 넘쳐흘러버린 배수용 도랑을 더 깊게 파고 청소도 했다. "아니, 이건 지금 할 일이 아닌데!" 디빈이 나를 나무라듯 말했다. 풀도 뽑았다. 딱딱해진 땅에서 풀을 뽑기란 여간 힘든 일이 아니다. 버들가지를 두른, 목이 긴 보온병도 부셔냈다. 포도 수확 때 쓸 큰 가위도 꺼내어 기름을 치고, 금강사로 문질러 날도 반질반질하게 닦았다. 사흘 내내 날씨가 너무 더워 우리는 바다 가까이, 혹은 바닷물 속에만 있었다. 시원하고 묵직한 파도를 즐긴 후 물기가 마르고 나면 우리의 팔다리는 고운 소금가루로 뒤덮이곤 했다. 그러나 햇빛을 받으면서 태양에 길들여진 우리는 태양이 항상 똑같은 지점에서 우리를 겨냥하지 않는다는 사실도 안다. 새벽에 내 창문 앞 바다에서 떠오르는 첫 태양을 둘로 조각내는 것은 이제 유칼립투스 나무가 아니라 그 옆에 있는 소나무이다. 태양이 떠오르는 것을 몇 명이서 함께 보았던가? 매일 아침 그 운행 경로가 줄어드는 별들은 비밀스레 늙어간다. 하지만 새벽을 모르는 파리 사람들, 내 친구들이건 아니건, 파리에 사는 사람들에게 석양은 천천히 하늘을 가득 채우고 오후를 모두 차지하며 결국은 오후의 최후를 장식할 뿐이다……

기쁘게 떠났던, 그리고 돌아올 때는 더욱 행복했던 우리의 두 번의 소풍에 대해 이야기할까? 나는 언덕 꼭대기에 있는 옛 프로방스 마을들을 좋아한다. 그곳의 폐허는 손상되지 않았으며 건조하여 잡초도 푸른곰팡이도 없다. 오로지 제라늄만이 붉게 피어 탑의 검은 구멍에 매달려 있다. 하지만 여름에는 땅에만 머물러 있는 데 금방 싫증이 나게 마련이다. 금세 바다가 그리워지고, 끝없이 파랗기만 한 하늘과 바다가 수평으로 만나는 그 지점을 갈망하게 된다.

이게 전부다. 별거 아니라고? 어쩌면 여러분의 생각이 맞을지도 모른다. 어쩌면 나 자신도 분명히 구별할 수 없는 것에 대해 여러분에게 설명할 능력이 없을지도 모른다. 나는 종종 침묵과 내면에서 웅웅거리는 소리, 무기력과 행복을 구분하지 못한다. 그리고 항상 나에게서 웃음을 빼앗아가는 것은 회한이다. 비알이 떠난 후 나는 평온을 찾으려고 애썼다. 물론 나는 좋은 기억들만을 그에게 부여하려고 한다. 그 기억들 중 어떤 것들은 아직도 생생한 과거 속에 담겨 있는가 하면, 또 어떤 것들은 조금씩 윤곽을 드러내는 현재 안에 남아 있다. 가장 좋은 기억들은…… 사랑하는 어머니, 당신께 그것을 부탁합니다. 가장 좋은 기억들만을 부여해주기를…… 그러니까 나의 평온함이란 자연스럽게 이루어진 것이 아니다. 그렇다고 인위적인 것은 아니지만, 내가 의식적으로 끈질기게 노력한 결과인 것이다. 나의 평온함이 기분좋게 취할 수 있다고 확신한다면 나는 이렇게 외칠 것이다. "자! 취해봐! 비틀거려도 보고!"

비알이 두 해 여름 동안 계속해서 이곳에 있었을 때 그의 존재는…… 아니, 나는 그 사람에 대해서 제대로 말할 수 없을 것 같다. 나의 예리한 동반자여, 당신은 그를 알지 못합니다. 그러나 나는 당신에게 비알에 대한 이야기를, 그를 찬미하는 임무를 맡기렵니다.

내 젊은 친구인 모직물 상인과 체스를 두러 가야 하니 이제 그만 써야겠다. 너도 그 사람을 알지. 하루종일 처량하게 단추나 수선용

여명 161

모직물을 파는 땅딸막하고 과묵하고 못생긴 남자 말이다. 하지만 말이다, 세상에! 그가 체스만은 얼마나 기막히게 두는지 아니? 우리는 그의 가게 뒷방에서 체스를 둔다. 그 방에는 난로가 있고, 소파도 하나 있어서 그는 내게 거기 앉으라고 권하곤 하지. 안뜰을 향해 나 있는 창문에는 너무 예쁜 제라늄 화분이, 건널목지기들이나 살 법한 그 형편없는 집엔 너무도 안 어울리는 제라늄 화분이 두 개나 있단다. 나는 한 번도 그런 꽃을 가져본 적이 없어. 나는 항상 식물에게 공기와 맑은 물을 주고 식물의 모든 변덕을 받아주지만, 한 번도 그런 꽃을 피워보지 못했어. 아무튼 나는 자주 그 젊은 모직물 상인과 체스를 두러 간다. 그는 충실하게 나를 기다리고, 매번 내게 차를 마시겠느냐고 묻곤 해. 그에게 나는 '귀부인'이고, 차는 품격 있는 사람들이 마시는 음료수이니까. 우리는 체스를 둔다. 그리고 나는 그 작고 뚱뚱한 남자 안에 무엇이 감추어져 있을까를 생각하지. 그걸 누가 알겠어? 참 궁금하지만, 절대 알 수 없을 테니 체념을 해야지. 그나마 무엇인가가 있다는 확신만으로, 그리고 나만이 그것을 알 수 있다는 생각만으로 만족하면서……

그녀의 감식력, 감춰진 보물을 볼 수 있는 능력…… 지팡이 하나로 지하의 수맥을 찾을 줄 알았던 그녀는 숨어서 빛을 발하는 것을 향해, 햇빛이 없는 곳에서 말라가는 물을 향해, 잠들어 있는 광맥을 향해, 그 속에서는 아무것도 피어날 수 없을 것 같은 땅 속 깊은 곳을 향해 곧바로 가곤 했다. 그녀는 들었던 것이다. 물의 흐느낌 소리를, 땅 속에서 울리는 긴 울음소리를, 한숨 소리를……

그녀라면 비알에게 불쑥 "비알, 날 좋아해?"라고 묻지는 않았을 것이다. 그런 말은 모든 것을 퇴색시키니까…… 그러고 나면 무엇이 남나? 회한? 후회? 그저 평범한 청년이라고?…… 사랑에는 신분의 차이가 없다. 어머니의 그 주인공에게 "모직물 상인이여, 나를 사랑하나요?"라고 묻겠는가? 그렇게 서둘러서 모든 것을 끝까지 밀고 나가야 하는가? 내가 어렸을 적 일곱시경에, 햇빛이 아직은 낮게 떠 있고 종달새는 여전히 지붕 위에서 줄 지어 있으며 호두나무 밑에 서늘한 그늘이 생기고 있다는 사실에 경탄하면서 일어날라치면 어머니의 외침소리가 들리곤 했다. "일곱시! 세상에, 벌써 일곱시라니! 늦었다, 늦었어!" 결국 나는 절대로 어머니의 경지에 이르지 못하는 것일까? 자유로이 높게 날고자 했던 어머니는, 한 사람에 대한 변치 않는 사랑에 대해 "너무 경박하다!"고 말했다. 그러고는 더이상 아무런 설명도 하지 않았다. 그 의미를 이해하는 것은 내 몫이다. 내가 할 수 있을 만큼만 이해할 뿐이다. 다급하지도 위대하지도 않은 집안일에 대해 관심을 가지는 것과는 다른 방식으로 어머니에게 다가가서, 옛날 버릇없는 아이들이었을 시절에 우리가 '푸른 냄비 숭배'라 부르던 가사일에 대한 집착과 맹종을 넘어서야 할 바로 그 시점에 이르렀나보다. 어머니는—그리고 나도—내 손을 거쳐간 모든 것을 내가 바라보고 만지는 것만으론 만족하지 않으리라. 때때로 나는 나 자신으로부터 벗어나 마음의 문을 열고, 이 땅에서 자신들의 자리를 내게 양보하고 떠났지만 겉으로만 죽음 속에 묻혀 있을 뿐인 그들의 호의를 받아들이지 않을 수 없다. 일종의 한 또는 슬픔이 마음으로부터 끓어오르지만, 이상하게도 그것은 마치 쾌감처럼 느껴지기도 한다. 우리 아버지가, 그리고 아버지의 손이 보인다. 용수철 달린 나이프의 손잡이를 꽉 움켜쥔 채 얇은 칼날을 향해 내뻗던 이태리 남자의 하얀 손이. 그 옛날 아버지의 질투는 얼마나 날 불편하게 했던가…… 나는 절대로 멈추지 않았던 그 발자취를 조용히 따라간다. 정원에서 지하창고로, 지하창고에서 우물로, 우물에서 쿠션과 펼쳐져 있는 책들과 신문 잡지들로 어지러운 소파로. 내가 지나간 이 길들 위에서, 하루의 시작을 알리는 최초의 햇빛이 비친 그 길 위에서, 나는 모직물 상인에게―아니 비알에게, 아무튼 두 사람 모두 완벽한 연인의 전형이니까―왜 아무런 질문도 해서는 안 되는지를, 주위의 모든 것들을 추방하고 비난하고 금지해버리는 그 사랑이라는 것의 진정한 이름이 왜 '경박함'인지를 배우고 싶다.

한 일주일쯤 전, 그러니까 무도장에 갔다가 엘렌이 나를 바래다주었고 그녀의 어깨 그림자가 내 어깨 그림자를 뒤덮었던 그날 저녁, 그녀의 팔짱을 끼고 걸으면서 내게 남아 있던 모든 것들을 다 버리고 왔던 것이 기억난다. 길에다 버릴 성질의 것은 아니었지만, 아무튼 나는 처분해야 했기 때문이다. 고리타분하고도 즉각적인 반응, 구속, 의무감, 소심한 판단착오, 이런 모든 것들을……

엘렌이 가고 난 후, 나는 울타리 문을 열고 내 식구들을 불렀다. "얘들아!" 송진향과 박하향을 풍기면서, 밤으로 인해 신성해진 그들은 달빛을 받으며 내게로 달려왔다. 나는 다시 한 번, 그렇게도 자유롭고 아름답고 자신감 넘치는 그들이 이 늦은 시간에 내가 부르는 소리를 듣고 달려온다는 사실에 놀라고 만다……

나는 암캉아지가 열린 서랍장 속에 잘 자리잡도록 도와준 다음, 고

무다리가 달린 낮은 테이블을 침대 위에 놓고 도자기로 된 스탠드의 방향을 돌렸다. 그 스탠드의 푸른 불빛은 멀리, 주사위처럼 생긴 비알의 집에서 반짝이는 붉은 불빛에 화답하곤 했었지.

"당신은 우현의 빛이고, 나는 좌현의 빛이에요." 비알이 농담처럼 말했었다.

"그렇군." 나는 대답했다. "그러니까 우리는 절대로 상대방을 바라보지 못해."

그런 생각을 하면서 나는 내 펜들 중 가장 잘 써지는, 금 펜촉이 닳아서 뭉툭해진 만년필의 뚜껑을 열었다. 하지만 글을 쓰지는 않았다. 점점 길어지는 밤이 내 온몸을 감쌌다. 내일 밤은 더 길어질 것이고, 그 다음날 밤은 또 더 길어지겠지. 밤이 되면 육체들이 기지개를 켜고, 여름날의 열기는 사라진다. 내가 캄캄한 밤, 고독, 동물 친구들, 드넓은 들판과 바다 같은 주위 환경에 의지하고 기댄다면 그것은 옛날에 내가 수없이 많이 노래한 여인, 홀로 곧게 살았던 여인, 잎이 다 떨어져도 자신만만한 자세를 흐트리지 않는 서글픈 장미 같았던 그 여인을 닮았기 때문이라는 생각을 했다. 그러나 나는 이제 더이상 겉으로 드러난 내 모습을 믿지 않는다. 그 고독한 여인을 그리면서도, 한 페이지를 쓸 때마다 한 남자에게 "꽤 그럴싸하지?"라고 물어가면서 나의 거짓말 솜씨를 자랑하려 했던 시절이 있었기 때문이다. 그의 귀밑을 애무하고 그의 어깨를 이마로 더듬으면서 나는 웃었다. 또다시 나의 고질병인 거짓말이 튀어나왔다고 생각하면서, 그의 깨끗한 귀뿌리 끝을 오도독 깨물면서, 기댄 어깨를 지그시 누르면서 나는 가만히 웃었다. "당신 거기 있지? 응? 거기 있지?" 그의 어깨가 주는 육중한 안정감은 이미 거짓이었다. 내가 그를 안심시켰는데, 그가 왜 머물러 있겠는가? 그는 내가 성냥과 가스와 화기火氣만 있으면 홀로 내버려두어도 될 여자임을 알고 있었던 것이다.

울타리 문을 여는 소리가 들렸다. 땅의 더운 열기와 하늘의 습기가 만나 아지랑이가 피어오르는 화단 사잇길로, 젊은 여자 하나가 늘어진 미모사 잎을 어루만지면서 우리 집을 향해 걸어오고 있었다.

엘렌이었다. 비알이 떠난 이후 그녀는 아침 해수욕 시간에 나타나지 않았다. 내가 열심히 감싸주고 있음에도 불구하고, 그녀는 사람들의 싸늘한 시선을 느끼는 모양이다. 내 친구들 중에는 내 속마음이 무엇인지 알아야만 한다고 생각해서 정작 중요한 말은 못 알아듣는, 위험할 정도로 단순한 사람들이 있기 때문이다.

엘렌은 조만간 파리로 갈 것이라고 한다. 내가 그 소식을 전했을 때, 모랑주만이 작은 목소리로 대답했다.

"아! 다행이에요. 그 여자는 정말…… 맘에 안 들어요, 좋은 사람이 아니에요."

왜 그렇게 그녀를 싫어하냐고 끈덕지게 물었더니, 모랑주는 이렇게 답하는 것이었다.

"정말이에요, 그 여자는 참 나빠요. 내 맘에 안 든다는 건 그 여자가 나쁜 사람이란 증거예요."

*

저녁이 되자 바람이 거세게 일었다. 바람은 비를 말렸고, 두껍게 드리웠던 구름의 습한 기운을 없애버렸다. 바람은 북쪽에서 불어오면서 건기를, 먼 곳에서 내리는 눈을, 저 멀리 알프스에는 이미 다가온 혹독한 계절을 노래한다.

동물들은 깜깜한 창문 밖에서 끝없이 불어대는 바람을 심각하게 바라보며 앉아 있다. 아마 그들도 겨울을 생각하나보다. 우리 집 식구들이 이렇게 다닥다닥 붙어앉아 있기는 처음이다. 내가 집에 들어왔을 때 고양이들은 갈대로 엮은 차양 밑에서 나를 기다리고 있었다. 나는 앞집에서 저녁을 먹고 돌아오는 길이었다. 그 집의 젊은 부부는 거의 종교적이라 할 만큼 경건한 마음으로 보금자리를 지은 터였고, 새로 얻게 된 재산에 너무도 감격하고 있었다. 나는 서둘러 그들을 떠났다. 그래야 그들이 자신들의 새로운 보물을 수없이 다시 헤아려보고, 몸서리쳐지도록 행복한 그들의 갈망을 채워줄 계획에 전념할 수 있을 테니까. 저녁식사가 끝났을 때, 젊은 부부는 두툼한 대들보가 달린 천장이 낮은 거실로 요람 하나를 옮겨왔다. 비어 있던 그 요람에, 그들은 마치 싱싱한 무처럼 동그랗고 장밋빛 도는 아기를 눕혔다. 요람은 아기의 키에 맞게 만들어진 것이었다. 그때 나는 열시가 되었다는 것을 알았고, 집으로 돌아왔다.

오늘 오후 엘렌은 그리 오래 머물지 않았다. 교대로 운전할 수 있고 만일의 경우 바퀴를 갈아끼울 줄도 아는 친구 한 명과 함께, 자동차로 떠난다고 알리러 왔던 것이다.

"비알은 파리에서 꼼짝 안 해요, 콜레트 부인. 카트르 카르티에의 실내장식 사업을 따내려고 말처럼 일만 한대요……" 그녀는 덧붙였다. "내겐 탐정이 있거든요."

"너무 감시하지 마, 엘렌, 너무 감시하지 마……"

"걱정 마세요! 나의 탐정은 아빠예요. 아빠가 비알을 잘 이끌고 있어요…… 내년 겨울에 비알은 우리 아빠가 필요할 거예요. 만일 장관이 실각하지 않는다면 말이죠. 지금 장관이 우리 아빠 학교 친구거든요…… 중요한 건 카트르 카르티에 백화점이 비알에게 실내장식 매장을 맡기기 전에는 절대 장관이 실각하지 않으리란 거예요. 그게 중요한 거죠……"

그녀는 내 손을 잡았다. 그녀의 입에서 열정적인 한마디가 흘러나왔다.

"아! 부인, 정말이지 너무너무 그를 돕고 싶어요."

그녀는 비알을 가지게 될 것이다. 요 며칠간 나는 그녀에게 애정을 얻으려면 신중하라고, 그리고 남들과는 다른 전략을 펴라고 충고했었다. 사실 내가 생각한 단어는 '신중'이 아니라 '품위'와 '자존심'이었지만. 그러나 그녀는 맨살을 드러낸 팔을 크게 휘저으면서 나의 의견을 일축하고, 자신 있다는 듯 머리를 크게 흔들었다. 그때 나는 깨달았다. 나는 그런 문제에 대해 아무것도 모른다는 것을. 그녀는 그녀 나름의 독특한 방식으로 내게 말하곤 한다. "걱정 마세요!"라고 부드럽고도 멋지게 말하는 그녀만의 방식으로. 대화를 조금 더 계속했다면 아마 그녀는 이렇게 말했을 것이다. "비알 근처에 당신만 없다면, 난 자신 있어요."

이삼 주 전부터 나는 종종, 내가 원하기만 한다면 그들을 방해할 수 있다는 자신감에 차 있었다. "그거면 돼요." 비알은 조용히 말했었지. 우리는 둘 다 자만하고 있었다. 엘렌은 비알을 가지게 될 것이고, '그래야 옳다.' 하지만 나는 '그건 잘된 일이다'라고 쓰려 했던 것이 아니었던가?……

밖에는 비 한 방울 내리지 않고 바람만 분다. 아직 나무에 달려 있던 배들도 다 떨어질 것이다. 하지만 이미 익어 묵직해진 포도열매는 이 지방 특유의 바람인 미스트랄에도 끄떡하지 않는다. "폭풍과 모든 자연재해에 대한 나의 사랑을 너도 물려받았을까?" 어머니가 내게 쓴 편지의 한 구절이다. 아니다. 평소에 바람은 생각을 얼어붙게 하고, 현재로부터 도망가게 하고, 오직 과거로만 향하는 길로 나를 몰아붙인다. 그러나 오늘 저녁, 현재는 나의 과거와 잘 연결되지 않는다. 비알이 떠난 이후 내게는 또다시 인내심이 필요하다. 뒤돌아보지 말고 앞으로만 가야 한다. 분별력이 있을 때에만, 합당한 이유가 있을 때에만 멈추어서야 한다. 육 개월 이후, 삼 주 이후…… 뭐? 그렇게까지 조심해야 해? 그렇다, 그렇게 조심해야 한다. 서두는 것을 두려워해야 하고, 은밀히 마음의 변화를 진행시켜야 한다……아직도 생생한 나의 아픈 기억들을 어루만지자.

언젠가는 과거의 사랑을 기쁘게 추억할 때가 올 것이다. 그때가 되면 나는 지나간 모든 기억들을 다 찬미할 수 있을 것이다. 마음의 혼란도, 싸움도, 즐거웠던 날들도, 고독도…… 잔인한 사월, 무섭게 부는 사월의 바람, 갈색 싹의 끈끈한 부분에 붙어 있는 사월의 벌, 활짝 핀 사월의 살구꽃 향기, 이 모든 것들은 내 앞에 또다시 봄을 가져올 것이다. 춤을 추던, 눈물 흘리던, 무분별하게 가시에 찔려 피를 흘리던 나의 삶에 끼어든 그 사월의 봄을…… 하지만 그래도 아마 난 이렇게 생각할 것이다. "내 삶에 더 나은 것이 있었어. 내 삶에 비알이 있었지."

여러분은 놀랄 것이다. "뭐라고? 두세 마디 하고는 가버린 그 별 볼일 없는 남자? 정말? 그 남자를 어떻게……" 그건 논쟁거리가 못된다. 딸들 중 하나의 미모에 대해 찬사를 받게 되면, 엄마는 혼자 웃는다. 왜냐하면 그 엄마에게는 제일 못생긴 딸이 제일 예쁘기 때문이다. 나 역시 감상적으로 비알을 노래하는 것이 아니라 그가 그리울 뿐이다. 그렇다, 나는 그가 그립다. 그가 좀 덜 그리워질 때가 되어서야 그에 대해 더 근사하게 과장할 필요를 느낄 것이다. 괴물에게서 혹도 뿔도 떼어내고, 불룩 튀어나온 것을 지워버리는가 하면, 지푸라기와 더듬이와 그림자처럼 사소한 것은 잘 간수하는 나의 변덕스러운 작업이 다 끝나고 나면, 내 기억은 자기 자리를 찾아 피상적인 거품에 불과한 사랑이라는 것이 들어갈 데가 없는 저 깊은 곳으로 내려갈 것이다. 그때가 되면 그는 자기 자리를 찾아, 피상적인 거품에 불과한 사랑이라는 것이 들어갈 데가 없는 저 깊은 곳으로 내려갈 것이다.

그때가 되면 내가 그를 포기했다고, 내가 그를 젊은 여인에게 보냈다고 계속 되뇌며 그를 생각할 것이다. 최대한 과시하고 잘난 척하면서 말이다. 벌써 삼 주가 지난 지금, 그때 쓴 내 글을 읽으면 비알이 잘못 묘사되어 있음을, 세부에 지나치게 신경 쓰느라 윤곽을 빈약하게 만들었음을 발견하게 된다. 요 며칠 나는 비알을 많이 생각했다. 오늘은 나 자신을 더 많이 생각한다. 그가 그립고 그의 존재가 아쉬워서…… 오 남자여, 남자와의 우정이란 이다지도 어려운 것인지, 우리의 우정은 아직도 휘청거리고 있구나. 이 얼마나 큰 행복인가!……

사랑하는 어머니, 다시 한 번만 크게 소리치도록 내버려두세요……

"얼마나 큰 행복인가!" 이제 됐다. 이제 더이상 아무 말도 하지 않겠다. 이제 당신이 내게 침묵을 명령할 차례예요. 죽음을 앞에 두고 있었던 엄마가 말해주세요. 그 경직된 관습의 이름으로, 엄마가 '의당 그래야 할 품위 있는 것'이라고 이름 붙인 미덕의 이름으로……

"그래, 싸우기 싫어서 너한테 거짓말했다. 조세핀 아줌마는 이 작은 집에서 자지 않아. 나 혼자 잔다. 제발 아무도 내 곁에 두지 말아줘! 너나 네 오빠나 제발, 도둑이 어쩌니 행인들이 어쩌니 하는 말을 하려거든 차라리 오지도 말아라. 저녁에 내 현관을 넘어설 사람은 이제 오직 하나뿐이야. 누군지는 너희들이 잘 알 거다. 정 그러면 개나 한 마리 가져다주렴. 그래, 개는 그런대로 괜찮아. 하지만 밤에 누군가와 함께 이 집에 갇혀 있으라고는 강요하지 마. 내 배 아파 낳은 자식 외에는 그 누구도 내 집에서 자는 것을 더이상 견딜 수 없어. 나의 도덕 철학이 그것을 금하는구나. 내 집에서, 크지도 않은 이 집에서 흐트러진 침대나 세숫대야 같은 건 다 치워주렴. 남자건 여자건 잠옷만 입고 돌아다니지 않게 해주렴! 어휴, 생각만 해도 정말 싫다! 안 돼, 안 돼, 밤에는 절대 아무하고도 함께 있을 수 없어. 이방인의 숨결도 참을 수 없고, 누군가가 나하고 같이 일어나는 모욕도 참을 수 없어. 그러느니 차라리 죽는 게 훨씬 나아."

"그리고 나는 한껏 멋을 부리기로 결심했다. 수술했을 때 내가 하얀 플란넬 잠옷을 두 벌 맞추었던 것 기억하지? 그 두 벌을 하나로 합쳤단다. 왜냐고? 수의로 쓰려고 그랬지. 모자도 달았고, 예쁜 진짜 레이스도 달았다. 너도 알다시피 난 면으로 된 레이스는 만지는 것조차 딱 질색일 만큼 싫어하잖니. 소매에도 칼라에도—그래, 그 옷에는 칼라도 달렸단다—똑같은 레이스를 달았지. 이런 준비는 다 품위를 지키기 위한 거란다. 그건 내게 매우 중요한 감정이거든. 참 유감스러운 일이지만, 빅토르 콩시데랑*이 흑단으로 만들고 손잡이는 은으로 장식한 근사한 관을 부인한테 선물했어. 부인의 몸에 딱 맞추어 주문한 것이었지. 그는 그렇게 알고 있었어. 그런데 몸이 분 그녀한테는 그 관이 너무 작았던 거야. 바보 같은 카로는 그런 선물을 받은 것에 화가 나서 그 관을 글쎄 가정부한테 주어버렸다지 뭐냐. 나한테 주었으면 좋았을 것을! 나는 고급스러운 것을 좋아하잖니! 그 관 속에 들어가면 얼마나 근사할까! 이 편지에 대해 신경 쓰지 마라. 적절한 시기에 쓴 것이고, 있는 그대로 썼을 뿐이다."

"죽기 전에 몇 번이나 더 체스를 둘 수 있을까? 아직도 이따금씩 그 모직물 상인과 체스를 두거든. 달라진 건 아무것도 없어. 단지 내 체스 실력이 전보다 줄어서 이제 내가 진다는 것 외에는. 거동이 영 불편해지고 형편없는 꼴이 되어버리면 체스 두는 것도 그만둘 게다. 품위를 지키기 위해 다른 모든 것을 포기하듯이 말이다."

이같은 삶의 태도를 배우는 것은 참 좋은 일이다. 저 말투! 어머니의 목소리가 들리는 것만 같아 나는 자세를 고쳐 앉는다. 사랑하는 사람이여, 가버려라! 나타나려거든 내가 알아볼 수 없도록 몰래 오기를. 창문으로 뛰어내려 땅을 디디고, 꽃이 되어 꽃을 피우고, 새나 나비가 되어 날아가고, 소리가 되어 메아리쳐라…… 당신은 얼마든지 나를 기만할 수 있겠지만, 우리 어머니를 속일 수는 없으리라. 하지만 고통

---

* 푸리에 사상의 전파자. 콜레트의 어머니 시도는 아마 신문기자였던 자신의 오빠들을 통해 그를 알았을 것이다.

을 잊고 껍데기를 벗어던지길. 당신이 돌아왔을 때, 나의 어머니가 그러셨듯이 내가 당신을 붉은 선인장 꽃이라 부를 수 있도록. 아니면 불꽃처럼 힘겹게 피어나는 또다른 강렬한 꽃의 이름으로 부를 수 있도록. 마귀를 쫓아낸 미래의 진정한 이름으로 당신을 부를 수 있도록.

내가 지금 다시 베껴쓰고 있는 이 편지를 쓸 때까지만 해도, 어머니의 손놀림은 그다지 불편하지 않았다. 날카로운 펜촉으로 종이를 긁어 글씨를 쓰면서 어머니는 엄청난 소리를 냈다. 감옥과 질병과 불순함에 대해 스스로를 지키고 또 우리들을 지키기 위해 그 편지를 쓰면서, 어머니는 방 안을 마치 화가 난 곤충이 다리로 마구 긁어대는 듯한 소음으로 가득 채웠던 것이다. 하지만 몇 줄 밑에 있는 마지막 단어들은 알아볼 수 없는 삐뚤삐뚤한 선을 그리고 있었다. 그토록 용감한 어머니에게도 두려움은 있었다. 끔찍한 의존 상태, 모든 것을 다 의지해야 하는 그런 상태를 그녀는 생각하고 있었다. 어머니는 나한테 조심할 것을 당부했고, 그 다음날 어머니의 또다른 편지는 나에게 보상과 교환에 대해서 암시했다. 훈계하고 난 후 그녀는 수염을 좌우 어느 쪽으로 내미는지에 따라 날씨가 예고된다는 신기한 귀리 이야기를 했다. 디기탈리스에 취해 반쯤 졸고 있던 당시의 어머니는 당신 손녀딸*이 방문하는 걸 그렇게도 좋아하셨다.

"여덟 살, 내게 장미꽃 한 송이를 가져다주려고 막 뛰어오느라 검은 머리칼을 다 헝클어뜨린 그 아이…… 내가 깼다는 것에 놀라 그 아이는 현관 앞에서 꼼짝 않고 서 있더구나. 어쩔 줄 몰라하며 그 자

---

* 아실의 두 딸 중 하나인 주느비에브를 가리킨다.

리에 선 채 금방 울어버릴 듯한 표정으로 장미꽃을 내밀던 그 아이만큼 아름다운 건 내가 죽기 전에 다시는 볼 수 없을 거다." 그녀와 나 중에서 누가 더 훌륭한 작가인가? 그녀라는 것이 명백하지 않은가?

새벽 동이 터오고, 바람은 잦아들었다. 어제 내린 비로 인해 어둠 속에서도 새로운 향기가 느껴진다. 아니면 내게만 세상이 새롭게 보이는 것일까? 나만 이 세상에 새로운 의미를 부여하는 것일까?…… 매일매일 새로 태어나고 매일매일 새로운 것을 창조하는 일은 가능하다. 구릿빛으로 그을린 손, 열심히 써내려가다 멈추기도 하고 지우기도 하며 또다시 써내려가는 이 손은 마음의 동요로 인해, 새로운 흥분으로 인해 차갑기만 하다. 인색했던 사랑은 마지막으로 움푹한 내 손바닥을 아주 미미하고 작은 보물들로 채워주고 싶었던 게 아닐까? 나는 이제 그것을 한아름 거두어들일 것이다. 스쳐가는 한 줄기 바람, 울긋불긋하지만 원자만큼이나 아주 작은 것, 풍요롭지만 아무것도 없는 빈 것, 내 손바닥에 담긴 이것들을 나는 마당에 내려놓으련다. 의기양양하게……

새벽이 온다. 그 어떤 악마도 새벽이 가까이 오는 것을, 새벽의 창백함을, 새벽 푸른빛의 미끄러짐을 견디지 못한다는 것은 누구나 다 안다. 그러나 그 누구도, 사랑에 빠진 사람처럼 소중히 새벽을 품고 오는 반투명한 악마에 대해서는 이야기하지 않는다. 숨이 막힐 듯, 안개가 펼쳐놓은 서글픈 푸른빛은 자욱한 안개 속으로 스며든다. 별로 졸리진 않다. 몇 주 전부터 낮잠만으로도 충분했다. 자고 싶은 욕구가 다시 나를 사로잡는다면, 아주 달고 깊게 잠을 잘 것이다. 얼마 전부터 끊겨버린 리듬을 되찾기를 기다릴 뿐이다. 기다림, 또 기다림……
기다림이란 우아한 예절과 사양할 줄 아는 최고의 멋을 가르치는 그
런 좋은 학교에서만 배우는 것이다.

나는 그런 것들을 당신에게서 배웠습니다. 내가 항상 달려가 도움
을 청했던 당신에게서…… 흑단 관 이야기가 담긴 그 유쾌한 편지 다
음에 그녀의 마지막 편지가 배달되었다. 아! 내가 보고 싶지 않은 그
녀의 모습…… 베개 위에서 양 옆으로 돌려대는 축 늘어진 머리, 야윈
목, 짧은 끈에 묶인 염소처럼 안절부절못하는 표정…… 그런 모습을
그 편지 뒤에 감추었으면! 마지막 편지를 쓰면서 아마도 어머니는, 우
리의 언어를 사용해야만 하는 의무를 이미 벗어났음을 내게 보여주
고 싶었던가보다. 두 장의 종이는 몇 개의 신나는 기호들, 작은 선으
로 시작한 화살표 같은 모양들, "그래, 그래" 그리고 "그녀가 춤을 추
었지"라는 두 마디의 분명한 글씨들로 채워져 있었다. 또한 종이 밑부
분에는 "내 사랑"이라는 말도 쓰여 있었다. 어머니는 우리가 한참 동
안 떨어져 있었거나 내가 보고 싶을 때면 나를 그렇게 불렀다. 그러나
지금 이 순간에는 그렇게 열정적인 말이 오직 나를 위한 것이라고 주
장하기가 망설여진다. "내 사랑"이라는 단어는 여러 의미 없는 선들
사이에서, 제비 모양과 식물들의 뒤얽힘 사이에서 당당히 자리잡고
있었다. 어머니의 손으로 쓴 그 메시지들은 하고 싶은 말들을, 침울한
절정에 결코 다다를 수 없을 빛에 가린 채 새벽에 잠깐 나타난 풍경
의 스케치를 새로운 알파벳으로 전달하고자 했던 것이다. 그래서 나
는 그 편지에서 어머니의 정신착란을 읽는 것이 아니라 나뭇잎들로
얼굴을 가리고, 두 나무 사이에 팔을 감추고, 바위 밑으로 가슴을 감

추던 어린 시절의 숨바꼭질 놀이가 있는 풍경을 읽는다.

　창백한 푸른빛이 내 방으로 들어오고, 아주 연한 붉은빛이 그 푸른 빛을 어지럽힌다. 새벽이다. 새벽빛은 밤으로부터 빠져나와 긴장한 듯 찬란하게 흐른다. 내일 아침 이 시간에 나는 첫번째 포도 수확을 위해 포도송이를 따고 있을 것이다. 내일모레 이 시간이면, 이 시간보 다 일찍, 나는…… 아니 그렇게 앞서가지 말자, 그렇게 서두르지 말 자! 날이 새기를 기다리는 순간의 목마름이 인내심을 가지고 기다리 기를! 창에서 뛰어내린, 아직 정체불명의 이 새벽이라는 친구는 여전 히 방황하고 있다. 변화하는 형태를 완성할 시간이 부족했는지, 그것 은 땅에 닿은 후에도 그 모습 그대로이다. 하지만 내가 그 과정에 참 여하자 모든 것이 변했다. 그것은 숲이 되었고, 물보라가 되었고, 별 똥별이 되었고, 무한히 펼쳐지는 책이, 포도송이가, 배가, 오아시스가 되었다……

시도가 딸에게 보낸 편지

여기에 우리는 시도가 딸에게 보낸 세 통의 편지를 싣는다. 이 편지들을 콜레트가 『여명』에서 인용한 편지들과 비교하는 것은 매우 흥미로울 것이다.

1) 선인장 꽃을 언급한 시도의 편지에서 콜레트는 시도가 사위의 초청을 거절했다고 쓰고 있지만, 사실 시도는 그 초청을 받아들였다. 날짜가 기록되어 있지 않은 이 편지는 1953년 1월 24일 콜레트의 팔십 세 생일을 축하하면서 『피가로』지 문학란에서 발표한 것이다.

---

* 이 글은 *La Naissance de jour*(GF-Flammarion, 1984)의 부록 169~171쪽을 옮긴 것이다.

주브넬 씨 귀하

당신의 초청이 하도 우아하여 그 초청을 수락합니다. 초청에 응하게 된 데에는 여러 가지 이유가 있지만, 그중에서도 한 가지 이유에는 도저히 저항할 수가 없군요. 바로 사랑하는 내 딸의 얼굴을 보고, 그 아이의 목소리를 듣는 것이지요. 또한 도대체 당신이 어떤 사람이기에 그 아이가 모든 것을 다 내던지고 미친 듯 당신에게로 달려갔는지도 알고 싶고요. 하지만 그러기 위해서는 나만을 믿고 있는 여러 가지 소중한 것들을 며칠간 떠나 있어야 한답니다. 내게 온통 신뢰와 애정을 주는 고양이 민느, 이제 막 꽃이 피려고 하는 너무도 근사한 세돔, 꽃받침이 넓게 벌어져 이제 곧 열매들이 열리게 될 글록시니아……

내가 없으면 그 모든 것들이 고통스러울 겁니다. 하지만 우리 며느리가 모두 잘 돌봐주겠노라 약속했지요. 그 아이는 단 며칠이나마 시어머니로부터 해방된다는 기쁨 때문에 분명히 그렇게 할 겁니다.

그러니까 나는 이제 곧 당신을 만나게 되겠지요. 하지만 가브리에게 편지 좀 쓰라고 하세요. 가브리가 누군지는 아시죠? 원래는 그것보다 더 고약한 이름이에요. 그 아이의 이름은 가브리엘이랍니다. 알고 계셨나요?

내 이름은 시도니 콜레트랍니다.

2) 1907년 3월 2일에 시도가 콜레트에게 보낸 편지

　지금은 새벽 다섯시다. 나는 우리 집 앞 헛간에 난 화재의 불빛 아래 편지를 쓴다. 모로 부인의 헛간, 너도 알지? 분명 누군가가 불을 놓은 모양이다. 헛간에는 사료와 밀이 가득했거든. 누가 그랬는지 알 것 같아. 아마도 분명 그 헛간에서 겨울 내내 일을 하고도 제대로 임금을 받지 못한 일꾼들 중 하나의 소행이겠지. 이상한 소리가 났을 때, 아가야, 난 너의 『감상적인 은둔』을 읽고 있었단다. 그런데 갑자기 웬 바람이 그렇게 불던지, 그 순간 난 바로 내 창문 밑으로 불꽃이 튀는 것을 보았지. 바로 거기, 내 정원에 소방관들이 있었단다. 그들이 글쎄 먹음직스럽게 열린 내 딸기들을 다 짓밟았지 뭐니. 우리 닭장에도 불꽃이 떨어졌어. 그 화재에 내가 아무 도움도 줄 수 없기에 나는 차나 한 잔 마시려 한다. 아무튼, 만일 동쪽이 아닌 서쪽에서 바람이 불어왔더라면 우리 집은 다 타버렸을 거다.

3) 1912년 3월 15일에 시도가 콜레트에게 보낸 편지

　넌 내가 무엇을 했는지 알아맞히지 못할 게다. 수술했을 때 하얀 모직 레이스가 잔뜩 달린 하얀 플란넬 잠옷을 두 벌 맞추었던 것 기억하지? 그 두 벌의 옷을 하나로 만들었단다. 칼라에도 모자에도 소매에도 레이스를 달았지…… 수의로 쓰려고 말이다. (시도는 빅토르 콩시데랑이 흑단으로 만들고 은으로 장식한 근사한 관을 부인한테 선물한 것에 유감을 표하고 있다. 그의 부인 카로는 그 관을

그녀에게 주지 않고 가정부에게 주어버린 것이다.) 그 관 속에 들어간 내 모습은 얼마나 멋질까! 이 편지에 대해 신경 쓰지 마라. 있는 그대로 쓴 것일 뿐이다.

"우리의 콜레트"

시도니가브리엘 콜레트는 20세기 초, 프랑스의 '아름다운 시절Belle Epoque'을 살았던 여성작가이다. 클로딘 시리즈를 비롯하여 『여명』 『청맥』 『암고양이』 『셰리』 『방랑하는 여인』 『지지』 등 수많은 작품을 남긴 콜레트는 모리스 라벨의 오페라 〈어린이와 마술〉의 극본을 썼으며, 〈지지〉의 브로드웨이 공연 때 오드리 헵번을 주인공으로 발탁한 장본인이기도 하다.

콜레트는 한국에 별로 알려지지 않은 작가이다. 번역된 작품이라고는 2000년에 문학동네에서 출간된 『천진난만한 탕녀』를 비롯하여 두세 편 정도에 불과하며 그나마 대부분 절판된 상태이다. 그러나 콜레트는 프랑스에서 "우리의 콜레트"라 불릴 만큼 대중적인 인기를 누렸던 작가이다. 뿐만 아니라 그녀는 '벨기에 왕립 아카데미' 회원이었고,

프랑스 '공쿠르 아카데미' 회원과 회장을 역임했으며, 프랑스 레지옹
도뇌르 훈장을 받는 등 생전에 프랑스에서 공식적인 명예를 얻었던
최초의 여성작가이기도 하다. 1954년 국장으로 치러진 그녀의 장례식
에 모여든 수많은 인파는 그녀가 생전에 얼마나 많은 사랑을 받았는
지를 여실히 보여주었다. 콜레트는 나이와 신분을 뛰어넘는 넓은 독
자층을 가지고 있었다. 그런 점에서 콜레트의 플레이아드 판본을 편
집한 피슈아 교수는 콜레트를 (빅토르 위고가 19세기 당시에 그랬던
것처럼) 진정한 의미에서의 '인기작가'라고 평하고 있다. 2008년 노
벨상 수상작가인 르 클레지오는 어린 시절을 회상할 때면 자신의 할
머니가 제일 좋아했던 콜레트를 떠올린다. 그에 따르면 콜레트는 당
시 여성들에게 희망을 주었던 작가라는 것이다. 르 클레지오 역시 시
적 운율이 가득한 콜레트 작품의 애독자이다.

콜레트의 작품이 주는 즐거움은 맑고 투명한 문체와 더불어 그녀
만의 독특한 세계가 부여하는 주제의 새로움에 있다. 콜레트는 정치
적 의미로서의 페미니즘을 옹호하지 않는다. 그녀는 남성들과의 투쟁
을 통해 여성의 권리를 찾을 것을 주장하는 페미니즘 운동에 동의하
지 않는다. 그러나 그녀는 자신이 선택한 삶을 영위함으로써 가부장
적 사회가 여성에게 가했던 억압을 거부하였고, 스스로 주체적인 삶
을 살았다. 그리고 문학을 통해 결혼과 가정의 허구성을 폭로함과 동
시에 욕망의 주체로서의 여성을 표현하였다. 그녀는 사랑과 욕망, 그
리고 쾌락에 대해 아무런 금기 없이 말하는가 하면 사랑의 포기와 체
념을 통해 평온함에 이르는 여성의 현명함을 과시하기도 했다. 그런
점에 비추어볼 때 콜레트는 진정한 의미에서 페미니즘을 실천한 작가

라고 할 수 있다. 프랑스 여성주의 비평가인 엘렌 식수가 콜레트를 여성적 글쓰기의 대표적인 예로 들고 있다는 사실이 그것을 증명한다.

그런가 하면 콜레트는 감각적 세계로 독자를 이끈다. 콜레트는 인간의 모든 감각기관을 가장 잘 활용한 작가 중 하나로 평가된다. 그녀만큼 색과 향기와 맛, 그리고 자연의 소리에 민감한 작가도 없을 것이요, 그녀만큼 손끝으로 느끼는 감각을 아름답게 표현한 작가도 드물 것이다. 그녀는 육체적 감각의 기쁨을 느끼게 할 뿐 아니라, 자연의 아름다움과 더불어 자연과 인간의 합일을 노래한다. 그녀는 피어나는 한 송이 꽃을 보면서 사랑의 시작을 느끼는가 하면, 동물들의 대화에서 인간의 사랑과 미움, 욕망과 질투를 읽는다.

모든 작가들에게 있어서 삶과 작품은 근원적으로 분리될 수 없는 것이겠지만, 콜레트의 경우 그 둘은 서로 불가분의 관계에 있다. 따라서 그녀의 작품을 이해하기 위해 간략하게나마 애정행각을 중심으로 그녀의 삶을 살펴보는 것은 무의미하지 않을 것이다.

시도니가브리엘 콜레트는 1873년 프랑스 욘 지방의 소도시인 생소베르에서 태어났다. 아버지 조셉쥘 콜레트는 이탈리아 전선에서 부상을 입어 한쪽 다리를 잃은 후 1860년부터 생소베르의 세무 공무원으로 일한 퇴역군인이었으며, 어머니 시도니 랑두아는 1857년 쥘 로비노 뒤클로와 결혼한 적이 있는 미망인이요, 두 아이의 엄마였다. 콜레트 부인은 전남편으로부터 많은 재산을 물려받았으나 콜레트 대위의 무능함으로 인해 콜레트 가족은 파산하게 되었고, 1891년 그들은 생소베르의 넓은 집을 떠나 큰아들 아실이 의사로 있는 루아레 지방의 샤티옹콜리니로 이사하게 된다. 콜레트는 어린 시절을 보냈던 생소베르의 넓은 집과 정원을 무척이나 그리워했고, 작품 곳곳에는 유년기와 고향집에 대한 향수가 담겨 있다.

스무 살이 되던 1893년, 콜레트는 그녀의 부모에게 사생아를 맡기면서 그 집을 왕래하던 14세 연상의 파리의 멋쟁이이자 유명한 저널리스트인 앙리 고티에빌라르, 일명 윌리와 결혼한다. 돌아오지 않는 남편을 기다리며 파리의 어두운 아파트에서 고향에 대한 향수를 달래던 콜레트에게 남편 윌리는 학교생활을 글로 써보라는 제안을 하였고 그렇게 탄생한 작품이 『학교에서의 클로딘』이다. 1900년, 『학교에서의 클로딘』은 윌리의 수정을 거쳐 윌리의 이름으로 출판된다. 그리고 그 책은 그야말로 불티나게 팔린다. 그후 『파리의 클로딘』 『가정에서의 클로딘』 『클로딘 사라지다』 등의 클로딘 시리즈가 1년에 한 편씩 출판된다. 동시에 1902년 『파리의 클로딘』이 연극으로 각색되면서 클로딘 이야기는 선풍적인 인기를 끈다.* 윌리 단독 이름으로 출판되었던 『학교에서의 클로딘』의 두번째 판본부터는 콜레트의 이름도 들어가게 되면서 클로딘 시리즈의 작가는 '윌리와 콜레트 윌리' 두 명이 된다. 독자들의 요구에 맞게 외설적인 면을 약간 첨부하는 등 윌리의 수정작업이 있었지만 실제 작가가 콜레트임은 굳이 말할 필요도 없다. 1904년 『동물들의 대화』를 시작으로 그 이후의 작품들은 '콜레트 윌리' 단독 서명으로 출판되었으며, 1923년부터는 남편의 이름

---

* 콜레트의 전기에 따르면 『학교에서의 클로딘』은 8년동안 108번, 『파리에서의 클로딘』은 7년동안 110번, 『가정에서의 클로딘』은 5년동안 120번, 『클로딘 사라지다』는 4년동안 80번이나 새로 찍었다고 한다.

을 뺀 자신만의 이름 '콜레트'를 사용한다.

수많은 여성들과 애정행각을 벌이는 바람둥이 남편과의 결혼생활은 결코 행복할 수 없었다. 윌리와 별거에 들어간 콜레트는 먹고살기 위해 조르주 와그로부터 팬터마임을 배우고 무대에 선다. 팬터마임 배우 시절 콜레트는 벨뵈프 후작과 이혼한 모르니 공작의 딸, 일명 미시와 동거하면서 그녀로부터 물질적으로 큰 도움을 받는다. 한편 물랭루즈에서 공연한 〈이집트의 꿈〉은 두 여인의 대담한 장면으로 인해 커다란 물의를 일으키기도 한다.

『마탱』지 편집장인 앙리 드 주브넬을 만나 결혼하기 전까지 콜레트는 무대활동을 계속했다. 그 당시 오귀스트 에리오라고 하는 13세 연하의 부유한 청년을 만나 약 일 년간 연인관계를 지속하지만 앙리 드 주브넬을 만남으로써 콜레트는 그와의 관계를 끝낸다. 1912년 콜레트는 코레즈 지방의 귀족 출신인 드 주브넬과 결혼한다. 그리고 1913년에 딸 콜레트 드 주브넬, 일명 벨가주('아름다운 언어'라는 의미)가 탄생한다. 후일 상원의원, 시리아의 프랑스 고등판무관, 로마의 프랑스 대사 등을 역임한 콜레트의 두번째 남편 역시 여성편력이 많은 남자였다. 남편에게 복수하기 위해서였을까? 콜레트는 드 주브넬의 아들, 그러니까 30세 연하인 자신의 양아들 베르트랑의 애인이 된다. 동시에 그녀는 에밀 샤르미라고 하는, 자신의 초상화를 그려준 여류화가와도 친밀한 관계에 있었던 것으로 추측된다. 베르트랑과의 관계는 베르트랑이 결혼하게 된 1925년까지 계속된다. 바로 그 해에 콜레트는 그 이후 평생의 반려자가 된 모리스 구드케를 만나고, 그들은 1935년에 결혼한다. 구드케는 콜레트보다 16세 연하이다.

간략하게 살펴보았듯이 그녀의 실제 삶은 결코 평탄하지 않았다. 스무 살의 나이에 열네 살 연상의 신사와 결혼한 것을 시작으로, 두 번의 이혼과 세 번의 결혼, 여러 차례에 걸친 동성애, 젊은 남자들과의 근친상간적인 사랑 등, 그녀의 삶은 그 자체로 금기 위반의 연속이었다. 그리고 그녀의 작품은 그러한 삶의 모습을 다양한 형태로 제시한다. 그러기에 그녀의 작품에는 성에 대한 묘사가 많다. 그러나 그녀는 성을 말하고 성욕을 말할 때 아무것도 터부시하지 않는다. 대담한 성의 묘사를 통해 콜레트는 욕망하는 주체로서의 인간을 표현하였던 것이다.

그러나 콜레트 작품의 진정한 묘미 중 하나는 다양한 형태로 변형되어 작품 속에 등장하는 유년기 추억에 대한 묘사이다. 그리고 그 중심에 어머니 시도Sido가 있다.

시도의 출현과 『클로딘의 집』

콜레트의 어머니 시도는 작가가 글쓰기를 시작하고 22년이 지난 1922년 『클로딘의 집』에 처음 등장한다. 그리고 나서 시도는 콜레트의 자전적 작품인 『여명』과 『시도』에서 중심 인물이 되고, 그 이후 전 작품을 통해 단편적으로 되살아나면서 작가의 작품세계를 지배한다.

시도는 1912년 9월에 세상을 떠났다. 그런데 콜레트는 어머니의 사망 소식을 듣고도 장례식에 참석하지 않았다. 상복을 입지도 않았다. 어머니의 죽음을 인정하지 않았던 것일까? 한편 콜레트는 친구에게 더이상 어머니에게 편지를 쓸 수 없다는 서운한 마음과 더불어 마치 '염증'이 생긴 것 같은 내적인 고통을 전한다. 작가는 그러나 자신이 어머니가 되고,* 서른 살 연하의 양아들 베르트랑에게서 근친상간적인 사랑을 경험하고 나서야 비로소 어머니의 죽음을 받아들이고 어머니를 추억하기에 이른다. 어머니에 대한 글쓰기는 어머니에 대한 애도작업travail du deuil**의 한 방식이다. 작가는 어머니를 다시 만들고 어머니는 창작의 원천이 된다.

베르트랑과의 관계는 중년의 콜레트로 하여금 유년기 시절로 돌아가게 함으로써 잃어버린 정체성을 되찾게 한다. 그것은 생생하고 활기찬 젊은 여성의 정체성이다. 그리고 그 이미지는 어린 시절 아이들을 지배했던 어머니, 죽는 순간까지 큰아들 아실에게 특별한 애정을 지녔던 어머니 시도의 이미지와 겹쳐진다. 어머니는 죽었고 이제 콜레트는 엄마가 되었다. 그리고 양아들 베르트랑과의 관계를 통해 어머니와 아실의 관계를 재현한다. 크리스테바 교수가 지적한 것처럼 이제 시도는 하나의 인물이라기보다 금지의 위반을 상징하는 특정한 존재방식이 된다.

『클로딘의 집』은 흔히 유년기 추억을 그린 순수한 이야기로 읽힌

---

* 어머니의 사망 석 달 후, 콜레트는 앙리 드 주브넬과 두번째 결혼을 하였고, 이듬해인 1913년 7월에 벨가주를 출산한다. 그러니까 어머니가 돌아가시고 한 달 후에 그녀는 임신을 한 것이다.

** 애착의 대상을 잃어버린 결과 생기는 심리내부의 과정으로, 주체는 그 과정을 통해 점진적으로 그 대상으로부터 분리된다. 장 라플랑슈·장 베르트랑 퐁탈리스 공저, 『정신분석사전』, 임진수 옮김, 열린책들, 2005. pp. 237~238.

다. 중년의 작가가 어린 시절을 추억하면서 어머니, 아버지, 형제들, 그리고 집과 정원과 동물들을 이야기하는 이 작품에서 독자들은 서정적인 프랑스의 시골 풍경을 읽는다. 그러나 이 작품에는 성적인 요소가 숨어 있다. 특히 병들어 자리에 누워 초라해진 모습을 보일까봐 노심초사하면서 향수를 뿌리고 얼굴의 화장을 고치는 어머니, 아들의 왕진 여정을 훤히 꿰고서 그의 방문을 초조하게 기다리는 어머니 시도의 모습에서 독자들은 큰아들에 대한 시도의 특별한 감정을 읽는다. 후각과 청각을 통해 엄마와 딸이 감각적으로 만나는 장면 역시 시골집의 목가적인 풍경 뒤에 숨은 어머니와 자식의 용해욕구를 엿보게 한다. 어머니 무릎을 베고 누운 어린 가브리엘은 어머니 옷에서 나는 비누냄새, 양초냄새, 그리고 오랑캐 꽃 냄새 속에 파묻히고, 어머니 역시 아이들을 냄새로 찾는다. 또한 아이들을 찾는 어머니의 외침소리, 어머니의 목소리는 작가에게 "듣고 있으면 눈물이 날 만큼 아름다운 목소리"이다.

『클로딘의 집』은 『셰리』와 『청맥』 사이에 씌어진 작품이다. 콜레트는 양아들 베르트랑과의 관계가 있기 전인 1919년에 이미 나이 든 여인과 젊은 남자의 근친상간적 사랑을 그린 『셰리』를 집필한다. 『셰리』는 1920년에 출판되었으며, 콜레트 자신이 레오폴 마르샹과 함께 연극으로 각색함과 더불어 주인공 레아의 역을 맡기도 했던 작품이다. 그런데 『셰리』를 집필한 것이 1919년이지만 작가가 그 소설을 구상한 것은 1912년, 즉 어머니의 죽음 직후이다. 우선 셰리라는 이름부터가 시도가 딸을 부르던 '미네 셰리'를 떠올리게 한다는 사실에서 어머니의 죽음과 소설의 구상이 무관하지 않다는 생각이 들게 한다.

그러나 소설 속 셰리는 콜레트와 달리 레아를 잃고 난 후 삶을 견디지 못하고 자살하고 만다. 그렇다면 『셰리』는 어쩌면 콜레트와 아실두 사람의 혼합체인지도 모른다. 아실은 어머니의 특권적 사랑을 받았던 아들로서 시도가 죽는 마지막 순간까지 포기하지 못했던 아들이다. 그 또한 어머니를 잃은 후 1년 만에 사망하고 만다. 마치 레아를 잃은 셰리처럼, 그 역시 더이상 삶의 의미를 찾지 못했던 것일까?

한편 『클로딘의 집』이 출판된 다음해인 1923년, 콜레트는 『청맥』을 출판한다. 『청맥』에는 필과 뱅카라는 사춘기 소년 소녀, 그리고 나이 든 여인 달르레이 부인이 등장한다. 어린 필에게 성적입문을 주도하는 달르레이 부인에게서도 독자들은 콜레트의 모습을 엿볼 수 있다. 더욱이 달르레이Dalleray라는 이름은 작가가 베르트랑에게 파리에 마련해준 아파트의 거리 이름인 달르레이rue d'Alleray와 동일한 발음이라는 사실에서도 인물들의 관계설정이 결코 우연이 아님을 짐작할 수 있다. 그러나 『청맥』은 『셰리』처럼 비극적이지 않다. 젊은 애인으로부터 버림받은 후 망가져버리는 레아나, 결국 자살을 택하고 마는 셰리와 달리 필에 있어서 달르레이 부인과의 관계는 그저 통과의례에 불과하다. 그녀는 필에게 교육자의 역할을 했을 뿐이며, 자신의역할을 마친 후 그녀는 필을 어린 애인 뱅카에게 돌려준다. 이처럼 콜레트가 1920~1923년 무렵에 출판한 세 작품은 일맥상통하는 '어머니와 아이 사이의 근친상간적 욕망'이라는 하나의 주제를 공유하고있다.

『여명』과 뒤늦은 사랑

『여명』은 뒤늦은 사랑의 도래와 그 사랑의 포기를 노래한 작품이다. 『여명』은 『클로딘의 집』이나 『시도』와 달리 소설적 형식을 취하고 있지만 어머니에 대한 추억, 집의 묘사, 뒤늦은 사랑의 도래, 그리고 등장인물들의 실제성 등의 요소로 보아 다분히 자전적이다.

『여명』은 지중해 지방의 생트로페에 있는 작가의 별장인 '사향 냄새 가득한 포도원'을 배경으로 하고 있다. 식물들과 동물들로 둘러싸인 그 집은 또하나의 '클로딘의 집'이다. "모든 것이 내 유년기 시절과 비슷한" 그 집은 작가를 유년기로 데려가고, 그 속에서 작가는 유년기를 지배했던 어머니의 환영과 만난다. 생소베르의 집주인이 어머니 시도였다면, 프로방스 지방의 이 집주인은 콜레트 자신이며, 어머니 시도가 아이들, 특히 큰아들 아실을 지배했듯이 콜레트는 비알을 지배할 것이다.

『여명』은 어머니의 편지로 시작된다. 딸을 보러 오라는 사위의 초대를 받고 어머니 시도는 거절의 편지를 보낸다. 왜냐하면 붉은 선인장 꽃이 곧 필지도 모르기 때문이다. 여기에서 선인장 꽃은 남자의 사랑을 상징하며, 꽃의 개화를 기다리는 어머니는 늙은 나이에도 불구하고 사랑을 포기하지 않는 여인의 이미지로 제시된다. 그리고 작가는 그러한 어머니와 자신을 동일시한다.

인생의 황혼기에 뒤늦게 찾아온 젊은 남자와의 새로운 사랑 앞에서 갈등하던 화자가 그를 젊은 여인에게 돌려보내는 이 작품에서 사람들은 흔히 사랑의 포기를 읽는다. 그러나 『여명』은 사랑의 포기를 노래한 작품이 아니다. 작품 속 화자는 비알을 엘렌에게 보낸다. 그러나 그녀는 떠나간 애인을 그리워하며 그가 돌아오기를 기다린다. 화자의 말과 달리 그녀는 비알을 보내지 않았다. 육식, 즉 "싱싱한 고기"를 포기하기에는 "아직 너무 배고픈" 콜레트의 식욕은 남자의 육체에 대한 욕망을 포기할 수 없음을 상징한다. 그리고 그런 작가 뒤에는 선인장 꽃의 개화를 기다리는 어머니, 죽는 날까지 큰아들에 대한 사랑을 포기하지 못했던 어머니가 있다. 작가는 자신을 어머니와 동일시하면서 그런 어머니의 "불순한 계승자"가 되고자 한다.

"친애하는 남자여, 영원히 안녕, 그러나 당신을 환영합니다"라는 한 문장은 사랑을 거부하는 동시에 사랑을 염원하는 콜레트의 모순적이고 이중적인 마음상태를 그대로 드러내고 있다. 이러한 양가적인 심리상태 역시 선인장 꽃의 개화를 기다리는 동시에 "사랑은 명예로운 감정이 아님"을 강조하는 시도의 심리와 다르지 않다.

콜레트의 젊은 애인 비알을 상징하는 시도의 선인장 꽃은 다름아닌 큰아들 아실에 대한 메타포이다. 시도의 편지 속에 등장하는 X부인의 질투에서 우리는 시도 자신의 질투를 읽는다. 그녀는 평생 동안 아들의 왕진을 동반했으며, 한 번도 아들을 떠나 멀리 산 적이 없다. 죽어가는 순간에도 아들을 기다리며 가슴이 설레고, 아름답게 보이고자 얼굴을 치장하는 어머니를 보면서 작가는 아들에 대한 어머니의 사랑이 결코 순수하지 않음을 느낀다. 비알은 또한 일흔여섯 살의 어머니와 체스를 두는 젊은 모직물 상인과도 동일시된다. 이처럼 비알, 붉은 선인장, 아실, 그리고 젊은 모직물 상인은 하나가 되고 작가는 사랑을 포기하지 않는 어머니와 자신을 동일시하면서 어머니로부터 교훈을 얻는다. 그리고 떠나간 애인을 기다린다.

당신이 돌아왔을 때, 나의 어머니가 그러셨듯이 내가 당신을 붉은 선인장 꽃이라 부를 수 있도록. 아니면 불꽃처럼 힘겹게 피어나는 또다른 강렬한 꽃의 이름으로 부를 수 있도록. 마귀를 쫓아낸 미래의 진정한 이름으로 당신을 부를 수 있도록.(172~173쪽)

가을에 찾아온 욕망 앞에서 그녀는 뒤늦은 자신의 욕망을 가을의 포도 수확에 비유한다. 다음의 인용문은 다분히 노골적인 성행위에 대한 메타포이다.

"가을에만 수확을 하리니……"아마 사랑도 그럴 것이다. 관능에 헌신하기에 얼마나 멋진 계절인가! (…) 가을에만 수확을 하리니. (…) 수확, 허둥대는 즐거움, 잘 익은 포도와 설익은 포도를 같은 날 함께 압축기에 넣는 성급함.(40~41쪽)

작가가 글쓰기를 시작한 지 삼십 년이 지났다. 그동안 그녀는 지치지도 않고 사랑과 질투와 배신을 노래했다. 오십을 넘긴 그녀는 더이상은 남자의 사랑이 없는 편안하고 즐거운 삶을 살겠노라고 말하고 있다. 이제 휴식할 때가 되었기 때문이다. 그러나 그러한 의지에도 불구하고 그녀는 중년의 나이에 다시 찾아온 사랑을 포기할 수가 없다.

새벽은 해가 진 이후 어김없이 찾아오는 새로운 빛이다. 황혼의 나이에 접어든 작가는 떠나간 애인을 기다리면서 새벽을 맞이한다. "시간의 사닥다리를 타고 언제나 시작의 시작을 추구"했던 어머니처럼. 어머니는 일흔여섯의 나이에 "나는 아직 일흔여섯 살밖에 되지 않았어"라고 말할 수 있는 여인이다. 그런데 『여명』의 처음을 장식한 어머니의 편지는 작가에 의해 변형된 것이다. 실제 편지에서 시도는 선인장 꽃의 개화에도 불구하고 사위의 초대에 응하겠노라고 쓰고 있다. 작가가 그린 시도의 이미지가 다분히 의도적으로 변형되었음을 보여주는 대표적인 예이다. 작가는 시도를 자기의 의도에 맞추어 창조한 후 그 이미지에 자신을 동일시했던 것이다.

작가는 고독으로 돌아가 남자들을 멀리 한 채, 아직 성을 모르는 아이처럼, 머리를 땋아주던 유년 시절의 어머니에게 몸을 맡기면서 평화를 느낀다. 작가는 『풍경과 초상』에서 유년 시절에 대한 글쓰기의 욕구가 그녀를 떠나지 않음을 고백한다.

나는 내 마음의 가장 깊은 곳으로부터 솟아오르는 단어를 찾는다. 그것이 무엇일까? (…) 과거의 나를 회상하는 것 (…) 유년기의 소설. 나는 유년기의 소설을 쓰고 싶다. 그런데 그것이 실패할까 두렵다. 사랑 이야기는 유년기 시절의 이야기에 비하면 너무도 쉽고 하찮은 것처럼 보인다. (…) 왜냐하면 그 어떤 단어로도, 그 어떤 연필이나 색연필로도 이끼 낀 오랑캐 꽃 색깔의 지붕 위에서 빛나는 내 어린 시절의 고향 하늘을 그릴 수 없기 때문이다.*

---

* Colette, *Paysages et portraits*, Oeuvres Complètes, 1973, Flammarion, XIII, pp. 313~315.

어린 시절의 어머니를 회상하는 것은 어머니의 죽음 이후 작가의 절대적인 소명이 된다. 1922년 이후 모든 작품은 마치 어머니를 기억하기 위한 것인 양 콜레트의 글쓰기는 시도를 향하며, 시도는 작가의 이상적 모델이 된다. 시도의 죽음 한 달 후 콜레트는 아이를 임신했고, 그 아이를 출산한 나이는 시도가 콜레트를 출산한 나이와 같은 마흔 살이다. 마치 콜레트는 시도가 되어 시도의 삶을 사는 것처럼 보인다.

어머니를 통한 유년기로의 회귀는 근원에 대한 작가의 강박적인 추구를 나타낸다. 콜레트는 어머니와 하나로 용해되어 원초적 나르시시즘에 이르고자 끊임없이 유년기로의 역행을 추구한다. 동트기 전의 새벽시간은 근원을 탐구했던 콜레트에게 있어서 상징적 의미를 지닌다. 새벽은 자신의 원형이자 모델인 어머니가 부여한 선물이다. 시도는 아침의 본질을 붙잡기 위해 늙을수록 점점 더 일찍 일어났던 여인이다. 시도의 딸은 어머니처럼 "해 뜨는 시간에 대한 타는 목마름으로" 모두가 잠든 새벽에 일어나 숲으로 간다. 새벽에 대한 콜레트의 집착은 자신의 모델인 어머니를 모방한 것에 지나지 않는다. 새벽에 숲으로 들어가는 장면에서 아이가 어머니의 자궁 안으로 다시 들어가는 이미지를 읽어낸 장피에르 리샤르의 지적은 매우 흥미롭다.[*] 콜레트를 인용해보자.

새벽 세시 반에 엄마가 나를 깨워주기로 했다. 나는 양 팔에 빈

---

[*] Jean-Pierre Richard, "Métamorphoses d'un matin", in *Pages Paysages* : Microlectures II, Ed. du Seuil, 1984, p.182.

바구니를 들고 딸기, 머루, 그리고 까치밤나무가 있는 곳을 찾아 좁은 계곡에 숨어 있는 야채 재배지로 갔다. 새벽 세시 반, 태초의 축축하고 희미한 푸르름 속에서 모두가 잠들어 있었다. 모래 길을 내려갈 때, 무겁게 깔린 안개는 우선 내 다리를 적신 후, 예쁜 내 가슴을 지나 나의 입술과 귀, 그리고 내 몸 중 가장 예민한 부분인 코에까지 이르렀다.*

아이가 찾아가는 축축한 땅과 물기는 어머니 자궁의 물을 상징하며, 야생과일에 대한 끌림은 최초의 음식에 대한 구강적 쾌락 추구에 다름아니다. 물기를 담은 안개는 다리에서 머리까지 미끄러지면서 은밀하게 성적요소를 드러내고(예쁜 가슴), 입술, 귀, 코 등의 예민한 감각기관에까지 이른다. 야생과일을 실컷 먹고, 두 개의 샘물(두 개의 샘물은 두 개의 어머니 젖을 연상케 한다)을 실컷 마신 어린 콜레트가 느낀 성적쾌락의 느낌은 후일 어른이 된 후에도 작가의 상상 속에 고스란히 남아 있다. 어머니와의 합일을 이보다 더 잘 표현할 수 있을까? 어머니가 준 선물인 새벽, 그 새벽에 어머니를 상징하는 숲으로의 진입, 그리고 그곳에서의 고통스러운 탄생을 나타내는 이 새벽의 묘사를 통해 우리는 콜레트 작품에 강박적으로 존재하는 어머니와의 용해욕구와 더불어 생명의 탄생에 대한 욕망을 읽을 수 있는 것이다.

참고로 역자가 대본으로 삼은 텍스트는 클로드 피슈아가 서문을

---

* Colette, *Sido*, Oeuvres, ed. Gallimard, [Bibliothèque de le Pléiade], p. 502, t. III.

쓰고 미셸 메르시에가 주석을 단 갈리마르 출판사 '플레이아드 판' 『콜레트 작품집』 제3권(1991)에 수록된 「여명」이며, 그밖에도 클로드 피슈아가 서문을 쓴 플라마리옹 출판사의 GF문고판 「여명」(1984), 그리고 1973년에 플라마리옹 출판사에서 나온 『콜레트 전집』 중 제6권에 수록된 「여명」 등을 참조했음을 밝힌다.

콜레트의 가장 중요한 작품 중 하나인 『여명』은 번역자인 나에게 특별한 의미를 갖는 책이다. 끊임없이 어머니에게로 돌아가는 콜레트를 읽으면서 나는 나의 어머니를 떠올렸다. 소중했던 나의 어머니…… "엄마는 이 세상 아름답고 보람있게 살다가 기쁜 마음으로 저승으로 떠난다"는 유서를 남겼던 여인…… 세 해 전 나는 그녀를 잃었다. 갑작스러운 그녀의 죽음은 나를 공황상태에 빠뜨렸고, 그 속에서 나는 허우적거렸다. 어머니의 죽음이라는 명백한 사실을 나는 받아들일 수 없었다. 끊임없이 어머니에게 돌아가는 콜레트의 글을 읽고 번역하면서 나는 나의 어머니를 가슴에 담았다. 콜레트의 글쓰기가 어머니 상실에 대한 애도작업이었다면 나의 번역작업 역시 내 어머니 상실에 대한 애도작업이었다. 이 작업을 마쳤으니 이제 그녀를 떠나보낼 수 있을까?

어머니를 보내기가 어렵고 힘든 만큼이나 이 책의 번역은 어렵고 힘들고 고통스러운 작업이었다. 은유와 상징으로 가득하여 도무지 이해할 수 없는 내용들, 문장의 해석조차 안 되는 난해한 문장들, 작가 특유의 독창적 표현들…… 나의 프랑스어 실력을 자책하며 절망한 적이 한두 번이 아니었다. 콜레트 애독자인 작가 르 클레지오와 언어

학자이자 또 한 명의 콜레트 애독자인 파리 10대학 명예교수 프랑신
마지에르 교수의 도움이 없었다면 나는 이 책의 번역을 포기했을지
도 모른다. 이 자리를 빌려 두 분께 깊은 감사의 마음을 전하고 싶다.
처음부터 끝까지 꼼꼼히 읽어가면서 이 번역작업을 마무리해준 문학
동네 편집부 여러분께도 고마움을 전한다.

송기정

1873년   프랑스 욘 지방의 생소베르에서 1월 28일 시도니가브리엘 콜
레트 출생. 툴롱 출신의 아버지 조셉쥘 콜레트(1829~1905)는
직업군인으로 26세에 대위가 됨. 이탈리아 전쟁에서 부상당하
여 왼쪽 다리를 절단한 그는 군대를 떠나 생소베르의 세무관
으로 임명됨. 어머니 시도니 랑두아(1835~1912)는 파리 태생
으로, 1857년 쥘 로비노 뒤클로와 결혼하여 두 자녀(줄리에트
와 아실)를 갖지만, 행복한 결혼은 아니었음. 남편 사망 후 11
개월 만인 1865년 12월, 그녀는 콜레트 대위와 결혼하여 레오
와 시도니가브리엘을 출산함. 이후 콜레트는 생소베르의 초등
학교를 다닌 후, 16세에 초등교육자격증을 획득함. 메리메, 발
자크, 위고, 뒤마, 졸라 등을 읽음.

1891년   아버지가 어머니의 재산을 잘 관리하지 못하여 파산하게 된
콜레트 일가는 집을 처분하고 생소베르를 떠나 의사가 된 큰
오빠 아실의 집 근처의 샤티옹콜리니(루아레 지방)에 정착하
게 됨. 콜레트는 유년기 시절의 옛집에 대한 향수를 일생 동안
간직함.

1893년   아버지 콜레트 대위의 친구였던 파리 편집자의 아들 앙리 고
티에빌라르(1859년 출생), 일명 윌리와 결혼. 그는 기자이자
음악평론가이며 『근로자의 편지Lettres de l'ouvreuse』의 저자
임. 『파리의 메아리』 등에 기고함. 가벼운 대중소설들을 시리
즈로 출간함. 다량생산을 위해 대필자들을 고용하기도 함.

1900년   윌리의 이름으로 『학교에서의 클로딘Claudine à l'école』 출간.

이후 재판부터는 '윌리와 콜레트 윌리'라는 이름으로 출간됨.

1901년　『파리의 클로딘Claudine à Paris』출간.

1902년　『파리의 클로딘』, 부프파리지엔 극장에서 3막의 연극으로 공
　　　　연됨.『학교에서의 클로딘』은 도입부에서 소개됨. 폴레르가 클
　　　　로딘의 역을 함. 대중문학의 흥행사인 윌리는 폴레르와 콜레
　　　　트를 쌍둥이처럼 입혀서 파리에 선보임.『가정에서의 클로딘
　　　　Claudine en ménage』출간.

1903년　『클로딘 사라지다Claudine s'en va』출간.

1904년　윌리의 이름으로『민느Minne』출간. 콜레트 윌리라는 이름으
　　　　로『동물들의 대화Dialogues de bêtes』출간.

1905년　윌리의 이름으로『민느의 방황Les Egarements de Minne』출
　　　　간.『동물들의 대화』는 세 개의 대화가 첨부되고 프랑시스 잠
　　　　의 서문이 덧붙여져 재발간됨.
　　　　아버지 조셉쥘 콜레트 사망.

1906년　팬터마임의 혁신가 조르주 와그로부터 팬터마임 수업을 받
　　　　음. 2월 6일 프랑시스 드 크로아세, 장 누게의 팬터마임〈욕망
　　　　Le Désir〉〈사랑과 몽상L'Amour et la Chimère〉공연. 1907년
　　　　부터 1912년까지 와그와 함께〈육체La Chair〉〈밤 새L'Oiseau
　　　　de nuit〉〈사랑스러운 암고양이La Chatte amoureuse〉등을
　　　　공연.
　　　　앙리 드 주브넬과 결혼할 때까지 팬터마임 배우 활동을 계
　　　　속함.

1907년　벨뵈프 후작과 이혼한 모르니 공작의 딸, '미시'와 동거. 그녀
　　　　와 물랭루즈에서〈이집트의 꿈Rêve d'Egypte〉을 공연하자 관
　　　　객들은 고함을 지르고 야유하는 등 큰 물의를 일으킴. 그 이후
　　　　〈동방의 몽상Songe d'Orient〉으로 제목을 바꾸고 와그가 미시
　　　　의 역을 맡음. 그러나 스캔들은 사라지지 않음.

콜레트 윌리의 이름으로『감상적 은둔*La Retraite sentimentale*』출간.

1908년 파리생활지에서『포도밭의 덩굴손*Les Vrilles de la vigne*』출간.

1909년 예술극장에서〈동지*En Camarades*〉공연. 콜레트 자신이 꽝셰트 역을 맡음.

「민느」와「민느의 방황」을 수정 보완하여 하나로 묶어『천진난만한 탕녀*L'Ingenue libertine*』출간.

1910년 브르타뉴 지방에 별장 로즈방('바람의 장미') 구입. 집주인이 남장한 미시에게는 집을 팔지 않겠다고 하자 미시는 그 집을 콜레트 이름으로 사줌. 콜레트는 이 집에 큰 애착을 가짐. 이 집은 소설『청맥*Le Blé en herbe*』(1923)의 무대가 됨.

13세 연하인 오귀스트 에리오의 연인이 됨. 그들의 관계가 언제부터 시작되었는지는 확실치 않지만 앙리 드 주브넬을 만나기 전까지 그들의 관계는 일 년 정도 지속된 것으로 보임.

수년간 별거하던 콜레트와 윌리가 공식적으로 이혼 발표.『방랑하는 여인*La Vagabonde*』출간. 12월 2일부터『마탱』지에 기고가로 활동, 편집국장인 앙리 드 주브넬을 만남.

1912년 9월 25일, 어머니 시도 사망. 12월 19일 앙리 드 주브넬과 결혼. 그는 코레즈 지방의 상원의원(1921), 국제이사회의 프랑스 대표(1922, 1924), 시리아의 프랑스 고등판무관(1925~1926), 로마의 프랑스 대사(1933)를 역임함.

1913년 7월 3일, 앙리와의 사이에서 딸, 콜레트 드 주브넬, 일명 벨가주 탄생.『무대의 이면*L'Envers du music-hall*』『질곡*L'Entrave*』출간. 12월 31일, 큰오빠 아실 사망.

1914년 임시병원이 된 장송 드 사이 고등학교의 부상자들을 돌봄.

1916년 『동물들의 평화*La Paix chez les bêtes*』출간.

1917년 『기나긴 시간들*Les Heures longues*』출간.

1918년   『군중 속에서*Dans la foule*』 출간.

1919년   『미쑤*Mitsou*』 출간. 『마탱』지의 단편소설 부문 책임을 맡음.
　　　　『동지』 출간.

1920년   30세 연하의 양아들 베르트랑 드 주브넬이 여름방학을 보내러
　　　　브르타뉴의 별장 로즈방에 옴. 그곳에서 그는 콜레트의 연인이
　　　　됨. 그들의 관계는 콜레트가 16세 연하의 모리스 구드케를 만
　　　　난 1925년까지 계속됨.
　　　　콜레트의 초상화를 그려준 에밀 샤르미라고 하는 여류화가와
　　　　도 친밀한 관계에 있었던 것으로 추측됨.
　　　　『셰리*Chéri*』 출간. 단편소설집 『햇빛 드는 방*La Chambre
　　　　éclairée*』 출간. 9월 25일 5등 레지옹 도뇌르 훈장 수여받음.

1921년   『셰리』가 레오폴 마르샹과의 공동작업에 의해 희곡으로 각색
　　　　되어 12월 13일 미셸 극장에서 공연됨. 1925년 2월 도노 극장
　　　　에서 재공연.

1922년   『클로딘의 집*La Maison de Claudine*』 출간. 1930년, 미발표된
　　　　다섯 개의 단편이 보충 첨가되어 같은 출판사에서 재발간. 『이
　　　　기적인 여행*Le voyage égoïste*』 출간.

1923년   2월 3일, 레오폴 마르샹과의 공동작업으로 『방랑하는 여인』을
　　　　각색하여 르네상스 극장에서 공연. 3월, 남불지방으로 동물들
　　　　이 가진 인간적인 면에 대해 순회강연. 6월, 『청맥』 출간. 콜레
　　　　트라는 이름으로 서명하기 시작. 10월 페렌치 사에서 콜레트
　　　　전집 출간 시작. 11월 남불지방으로 순회강연. 12월, 낭트 및
　　　　남서지방으로 순회강연. 앙리 드 주브넬과 결별.

1924년   단편집 『숨겨진 여자*La Femme cachée*』 출간. 2월 『마탱』지
　　　　를 떠남. 『일상적인 모험*Aventures quotidiennes*』 출간. 4월부
　　　　터 9월까지 『피가로』지에 「어떤 여자의 의견*L'Opinion d'une
　　　　femme*」이라는 제목 아래 매주 일요일 칼럼 연재. 12월 몬테카

를로에서 〈셰리〉 공연 무대에 섬.

1925년   3월, 십여 년 전 콜레트가 극본을 쓴 바 있는 『어린이와 마술 L'enfant et les sortilèges』이 모리스 라벨에 의해 오페라로 각색되어 몬테카를로의 오페라 극장에서 최초로 공연됨. 파리에서는 1926년 2월 1일 오페라 코믹극장에서 처음으로 공연됨. 모리스 구드케와 만남. 4월 6일 앙리 드 주브넬과 이혼. 〈셰리〉 순회공연.

1926년   『셰리의 종말La Fin de Chéri』 출간. 4월, 마라케시 부족장 글라우이의 초대로 모리스 구드케와 모로코 여행. 생 트로페에 '사향 냄새 가득한 포도원' 구입. 파리의 팔레 루아얄로 이사. 1931년 그 집을 떠난 후 1938년 다시 그곳에 정착함. 스위스로 순회강연.

1927년   아브뉘 극장에서 마르그리트 모레노, 피에르 르누아르, 폴 푸아레와 함께 〈방랑하는 여인〉 재공연.

1928년   『여명La Naissance du jour』 출간. 11월 5일 4등 레지옹 도뇌르 훈장 수여받음.

1929년   『두번째 여자La Seconde』 출간. 글라우이가 콜레트와 구드케에게 탕헤르에 마련해준 별장에 머물기 위해 스페인, 탕헤르 여행. 독일 순회강연.

1930년   『시도Sido』 출간. 7~8월 노르웨이 항해여행.

1931년   『방랑하는 여인』을 각색한 유성영화 공동작업. 3월 부카레스트 강연. 4월 북아프리카 튀니스와 오랑 순회강연. 9월 5일 다리 골절상을 입음. 이 사고는 말년에 그를 고통스럽게 한 관절염의 원인이 됨.

1932년   『쾌락Ces plaisirs』 출간, 이 책은 1941년 『순수와 불순Le Pur et l'mpur』이라는 제목으로 재출간됨. 6월 1일 파리의 미로메닐가에 미용연구소 설립. 11월 『감옥과 천국Prisons et

Paradis』 출간. 프랑스, 독일, 스위스, 벨기에 등을 돌며 순회
강연.

1933년   파리와 지방에 순회강연. 『암고양이*La Chatte*』 출간. 10월 8
일 『저널』지의 주간 연극비평을 쓰기 시작하여 1938년 6월 12
일까지 계속함. 5년간의 평론을 묶어 『검은 쌍둥이*La Jumelle
noire*』라는 제목으로 출간.

1934년   『이중주*Duo*』 출간.

1935년   3월 9일, 벨기에 프랑스어문학 왕립아카데미 회원으로 선출됨.
4월 3일 모리스 구드케와 결혼. 뉴욕 여행.

1936년   회고록 『나의 습작기*Mes Apprentissages*』 출간. 1월 21일 3등
레지옹 도뇌르 훈장 수여받음. 4월 4일 공식적으로 벨기에 왕
립아카데미 회원으로 임명됨.

1937년   『벨라 비스타*Bella-Vista*』 출간. 10월 10일 『이중주』가 폴 제랄
디에 의해 각색되어 생 조르주 극장에서 공연됨. 구드케와 함
께 창녀들의 살인사건을 조사하기 위해 『파리 수아르』지의 리
포터로 페츠에 파견됨. 그 이야기는 『거꾸로 쓰는 일기*Journal
à rebours*』에 수록됨.

1939년   『투투니에*Toutounier*』 출간. 3~4월, 베르사유 중죄재판소에
서 살인죄로 사형을 선고받은 와이드만 사건을 취재. 그 보고
서의 일부는 『나의 수첩*Mes cahiers*』에 수록됨. 2차대전 발발
후 구드케와 함께 '파리 몽디알'에서 해외 라디오 방송을 진행.

1940년   3월 7일 작은오빠 레오, 욘 지방의 블레노에서 사망. 딸이 있는
코레즈로 잠시 도피한 후 9월 11일 파리로 돌아옴. 그때의 이
야기는 『거꾸로 쓰는 일기』에 수록됨. 11월 『호텔 방*Chambre
d'hôtel*』 출간.

1941년   『거꾸로 쓰는 일기』 출간. 『줄리 드 카르네이앙*Julie de
Carneilhan*』 출간. 『나의 수첩』 출간. 12월 12일 모리스 구드

케가 독일군에 체포되어 콩피엔 수용소에 수감됨. 그는 1942
년 2월 6일에 석방됨.

1942년   10월 28일부터 11월 24일까지 『프레장』지에 『지지 *Gigi*』 연재.
『나의 창문에서 *De ma fenêtre*』 출간, 이 책은 1944년 『나의 창
문에서 내려다본 파리 *Paris de ma fenêtre*』라는 제목으로 제
네바에서 다시 출간. 관절염으로 활동이 어려워져 말년을 거의
길게 드러누워서 지내게 됨.

1943년   『군모 *Le Képi*』 출간.

1944년   『셋-여섯-아홉 *Trois-Six-Neuf*』 출간.

1945년   『아름다운 계절 *Belles saisons*』 출간. 이 책은 콜레트 사망 이후
미수록된 것들을 모아 다시 엮어 출간됨. 『지지』 출간. 공쿠르
아카데미 회원으로 선출됨. 1949년에 공쿠르 아카데미 회장
이 됨.

1946년   『장경성 *L'Etoile Vesper*』 출간.

1947년   5~6월, 관절염 치료를 위해 스위스 체류. 그러나 별 효과를 보
지 못함.

1948년   1950년까지 모리스 구드케가 설립한 플레롱 출판사에서 15권
의 콜레트 전집 발간.

1949년   『이 모습 저 모습 *Trait pour trait*』 출간. 『간헐적인 일기
Journal intemittent』 출간. 『푸른 신호등 *Le Fanal bleu*』 출간.
『나이의 꽃 *La Fleur de l'âge*』 출간. 『낯익은 나라에서 *En pays
connu*』 출간. 『고양이들 *Chats*』 출간. 10월 30일부터 『셰리』가
발랑틴 테시에와 장 마레에 의해 마들렌 극장에서 재공연됨.

1951년   몽테 카를로에서 영화를 찍고 있던 오드리 헵번을 발견, 브로
드웨이에서 공연하는 〈지지〉의 여주인공으로 발탁함.

1953년   네덜란드 희곡작가 장 드 하르토그의 작품 『침대의 하늘 *Ciel
de lit*』을 각색하여 4월 13일부터 미쇼디에르 극장에서 공연. 3

월 30일 2등 레지옹 도뇌르 훈장을 수여받음.

1954년   1월, 『청맥』이 영화로 제작됨. 8월 3일 콜레트 사망. 프랑스 정부는 팔레 루아얄에서 콜레트의 장례를 국장으로 치름.

콜레트 사망 후 플라마리옹 출판사에서 『아름다운 계절』(1955), 『풍경과 초상 *Paysages et Portraits*』(1958)을 비롯하여 5권의 서간집, 『엘렌 피카르에게 보내는 편지 *Lettres à Hélène Picard*』(1958), 『마르그리트 모레노에게 보내는 편지 *Lettres à Marguerite Moréno*』(1959), 『방랑하는 여인의 편지 *Lettres de la Vagabonde*』(1961), 『작은 해적에게 보내는 편지 *Lettres au petit corsaire*』(1963), 『동료들에게 보내는 편지 *Lettres à ses pairs*』(1973)를 출간.

문학동네 세계문학전집 발간에 부쳐

　세계문학은 국민문학 혹은 지역문학을 떠나 존재하는 문학이 아니지만 그것들의 총합도 아니다. 세계문학이라는 용어에는 그 나름의 언어와 전통을 갖고 있는 국민문학이나 지역문학의 존재를 인정하면서 그것을 넘어서는 문학의 보편적 질서에 대한 관념이 새겨져 있다. 그 용어를 처음 고안한 19세기 유럽인들은 유럽문학을 중심으로 그 질서를 구축했지만 풍부한 국민문학의 전통을 가지고 있는 현대의 문학 강국들은 나름의 방식으로 세계문학을 이해하면서 정전(正典)의 목록을 작성하고 또 수정한다.

　한국에서도 세계문학 관념은 우리 사회와 문화의 변화 속에서 거듭 수정돼왔다. 어느 시기에는 제국 일본의 교양주의를 반영한 세계문학 관념이, 어느 시기에는 제3세계 민족주의에 동조한 세계문학 관념이 출현했고, 그러한 관념을 실천한 전집물이 출판됐다. 21세기 한국에 새로운 세계문학전집이 필요하다는 것은 명백하다. 우리의 지성과 감성의 기준에 부합하는 세계문학을 다시 구상할 때가 되었다.

　문학동네 세계문학전집은 범세계적으로 통용되는 고전에 대한 상식을 존중하면서도 지난 반세기 동안 해외 주요 언어권에서 창작과 연구의 진전에 따라 일어난 정전의 변동을 고려하여 편성되었다. 그래서 불멸의 명작은 물론 동시대 세계의 중요한 정치·문화적 실천에 영감을 준 새로운 작품들을 두루 포함시켰다.

　창립 이후 지금까지 한국문학 및 번역문학 출판에서 가장 전문적이고 생산적인 그룹을 대표해온 문학동네가 그간 축적한 문학 출판 경험을 바탕으로 새로운 세계문학전집을 펴낸다. 인류가 무지와 몽매의 어둠 속을 방황하면서도 끝내 길을 잃지 않은 것은 세계문학사의 하늘에 떠 있는 빛나는 별들이 길잡이가 되어주었기 때문이다. 우리가 자부심과 사명감 속에서 그리게 될 이 새로운 별자리가 독자들의 관심과 애정에 힘입어 우리 모두의 뿌듯한 자산이 되기를 소망한다.

문학동네 세계문학전집 편집위원
민은경, 박유하, 변현태, 송병선, 이재룡, 홍길표, 남진우, 황종연

세계문학전집 027
여명

1판 1쇄 2010년 3월 15일
1판 9쇄 2025년 11월 10일

지은이 시도니가브리엘 콜레트 | 옮긴이 송기정

책임편집 이승희 | 편집 신소희 김현정 | 독자모니터 장정숙
디자인 박현정 송윤형 한충현 김민하 | 저작권 박지영 형소진 주은수 오서영 조경은
마케팅 정민호 서지화 한민아 이민경 왕지경 정유진 정경주 김혜원 김예진 이서진
브랜딩 함유지 박민재 이송이 박다솔 조다현 김하연 이준희
제작 강신은 김동욱 이순호 | 제작처 영신사

펴낸곳 (주)문학동네 | 펴낸이 김소영
출판등록 1993년 10월 22일 제2003-000045호
주소 10881 경기도 파주시 회동길 210
전자우편 editor@munhak.com
대표전화 031) 955-8888 | 팩스 031) 955-8855
문학동네카페 http://cafe.naver.com/mhdn
인스타그램 @munhakdongne | 트위터 @munhakdongne
북클럽문학동네 http://bookclubmunhak.com

ISBN 978-89-546-1005-6 04860
       978-89-546-0901-2 (세트)

www.munhak.com

● 문학동네 세계문학전집은 계속 출간됩니다